夜も昼も

ロバート・B・パーカー
山本 博訳

Hayakawa Novels

夜も昼も

ロバート・シルヴァーバーグ
山本 光伸 訳

Hayakawa Novels

夜も昼も

NIGHT AND DAY
by
Robert B. Parker

Translated by
Hiroshi Yamamoto
First published 2010 in Japan by
Hayakawa Publishing, Inc.
This book is published in Japan by
arrangement with
The Helen Brann Agency, Inc.
through Tuttle-Mori Agency, Inc., Tokyo.

ジョウンに
月のもと、太陽の下でも君だけを

登場人物

ジェッシイ・ストーン……………………パラダイスの警察署長
ジェン……………………………………ジェッシイの別れた妻
モリイ・クレイン
スーツケース・シンプソン
エディ・コックス
スティーヴ・フリードマン
ジョン・マグワイア
ピーター・パーキンズ
アーサー・アングストロム
バディ・ホール
……………パラダイス警察の署員
ベッツィ・インガソル……………………校長
ジェイ……………………………………ベッツィの夫。大物弁護士
ミッシー・クラーク………………………女子生徒
チェイス…………………………………ミッシーの父
キンバリー（キム）………………………ミッシーの母
セス・ラルストン…………………………教授
ハンナ・ウェクスラー……………………セスの妻。大学院生
マーシイ・キャンブル……………………不動産屋
リタ・フィオーレ…………………………弁護士
サニー・ランドル…………………………私立探偵
スパイク…………………………………サニーの友人
ディックス………………………………ジェッシイのカウンセラー

1

ジェッシイ・ストーンは、パラダイス警察署の署長室に座り、ドアの石目模様のガラスに書かれている文字を見ていた。部屋の中からだとFEIHCと読める。というか、文字が逆向きだからそう読めるんだろう。どう発音するか試してみたが、無理なので考えるのはやめた。机の上には、別れた妻の魅力溢れる顔写真がある。しばらく眺めていたが、こちらも考えないことにした。

モリイ・クレインが受付からやってきてドアを開けた。

「スーツからの電話です。中学校で騒ぎが起きたので、署長と私に来てほしいそうです」

「女生徒が巻き込まれているのか？」

「だから、私に来てほしいんでしょう」

「わかった。しかし、どうして俺も？」

「署長だからです。誰だって署長に来てほしいものです」

ジェッシイはもう一度ジェンの写真をチラッと見た。

「そうか、なるほどな」

ジェッシイは立ち上がると、ベルトに銃を留めた。

「と言っても、うちの署長は署長らしい服装をしてませんけどね」

ジェッシイは、制服のシャツにブルージーンズとナイキのスニーカーをはき、濃いブルーのパラダイス警察署の野球帽をかぶっている。署長のバッジはつけていた。彼はバッジを軽くたたいた。

「必要なときには着るさ。受付は誰が？」

「スティーヴです」

「よし。君が運転してくれ。サイレンは鳴らすな」

「あら、つまんない。私には絶対サイレンを鳴らさせないんですね」

「巡査部長になったら鳴らさせるさ」

中学校の前に、パラダイス警察署のパトカーが二台止まっている。

「あっちのパトカーには、誰が乗っているんだ？」二人が車から降りたとき、ジェッシイがきいた。

「エディ・コックスです」モリイが言った。「今週はエディとスーツが七時から十一時の当番です」

二人は中学校の玄関に入っていった。大挙して押し掛けて来た親たちを二人の警察官が押しとどめている。ほとんどは母親で、ぱらぱらと混じっている父親は妙に場違いに見える。ジェッシイが入っていくと、みんな彼のほうに押し寄せ、口々にわめきたてた。

「署長さんなんだから、何とかしてくれますね？」

「あの女を逮捕してよ！」

「子どもに痴漢をはたらいたんですよ！」

「どうしてくれるんです？」

「あの女が何をしたか知ってますか？」

「ここで何があったか聞きました？」

ジェッシイは無視した。

モリイに言った。「みなさんには、ここで待ってもらいなさい」

それからスーツを指差し、廊下のほうに顔をぐいと向けた。

「どういうことだ?」二人だけになるとジェッシイがきいた。

シンプソンの本当の名前はルーサー。ブロンドの髪で丸顔の大きな子どもに見える。見かけほど若くはないが、ともかく若い。野球選手のハリー・〝スーツケース〟・シンプソンの名を取ってスーツケースと呼ばれている。

「ちょっと変ですよ」スーツが言った。

ジェッシイは待った。

「ミセス・ベッツィ・インガソル」スーツが言った。「校長ですけど、すげえな、俺がここに通っていたころもいましたよ」

ジェッシイは待った。

「昨日は、放課後にダンスパーティがあったんです」スーツのしゃべり方が少し速くなった。「八年生のダンスパーティ。で、ダンスの前にミセス・インガソルが、女生徒全員を女子のロッカールームに連れていき、スカートをまくってどんなパンティをつけているかチェックしたんです」

ジェッシイは、しばらく口もきけずにスーツを見つめていた。

それから言った。「えっ?」

「女生徒たちがそう言うんです」

「なぜ、そんなことをするんだ?」

「さあ。とにかく、家に帰ると、女生徒たちが母親に言いつけて、そして……」彼は母親たちのほうを身振りで示した。

ジェッシイがうなずいた。

「ミセス・インガソルはどこだ？」

「校長室です」

「彼女に話はきいたか？」

「彼女が電話で、騒ぎがおきたと言ってきたんです。で、俺たちがここに来ると、ごらんの有様なんです。リンチをしかねない雰囲気だった。俺たちがどうにか母親たちを玄関に行くよう説き伏せると、ミセス・インガソルは校長室に入ったきり出て来なくなった。それで署長に電話し……それから」スーツケースはちょっとためらった。「本件の性質上、モリイにも来てもらったほうがいいと思いました」

ジェッシイがうなずいた。

「女生徒たちはどうしてる？」

「あのう、チェックを受けた？」

「ああ」

「授業を受けてると思いますけど。十分な捜査の時間がなかったんです。俺とエディは親たちの面倒を見るので手一杯でしたから」

ジェッシイがうなずいた。

「とにかくえらいことになったな」

スーツが肩をすくめた。

ジェッシイは玄関に戻った。親たちは、怒りを抱えながら黙って立っている。

「みんなを、講堂に案内しろ」ジェッシイがスーツに言った。「娘たちの名前をきき、彼女たちにも講堂に来るように伝えろ。人手が必要だったら、スティーヴに電話して何人かよこしてもらえ」

「署長はミセス・インガソルと話をしに行くのですか?」スーツがきいた。

「そうだ」

「それから講堂に来ますか?」

「ああ」

「親たちに何と言うかわかっているんですか?」

「ぜんぜん」

2

ジェッシイは、モリイを連れてミセス・インガソルの部屋に入っていった。

「ジェッシイ・ストーン署長」彼が部屋に入ると、ミセス・インガソルが言った。「お目にかかれて嬉しいわ。こちらは？」

「クレイン巡査です」

「初めまして、クレイン巡査」

モリイがうなずいた。

ミセス・インガソルは大きな笑みを浮かべた。

「あの愚かな人たちを追い払ってくれました？」

「講堂で待つように頼みました。それから、娘さんたちにも親のところに行くように頼むつもりです」

「まあ」

「今回の事件について説明してください」

ミセス・インガソルは、大きな机の向こう側に座っていた。机の上はきれいさっぱりと片付いていている。

「事件？　ストーン署長、事件など少し大げさすぎませんか」

「何か説明してください」

「説明することなど、ほとんどありませんわ。あの親たちのことは怒っていません。私同様、子どもの幸せを考えているのですから」

ジェッシイは黙っていた。ミセス・インガソルが彼に微笑みかけた。ジェッシイは待った。ミセス・インガソルが微笑んだ。

「女生徒たちは、あなたがスカートをめくってパンティをチェックしたと言ってます」

ミセス・インガソルは、微笑み続けている。

「その通りですか？」

依然として微笑みながら、ミセス・インガソルは身体を乗り出し、机の上で手を組んだ。

「私はこの学校に二十年間勤めています。最後の五年間は校長として。たいていの人は校長を嫌っています。署長でいらっしゃるから、おわかりいただけるでしょう。子どもたちは、私がここにいるのは彼らをしつけるためだと思っています。先生方は、彼らに命令を下すためだと。もちろん、私がここにいる本当の理由は、子どもたちを幸せにするためですわ」

ジェッシイはゆっくりうなずいた。口を開いたとき、彼の声に苛立ちはなかった。

「あなたは子どもたちのパンティを見たのですか、ミセス・インガソル？」

「法律に違反することは、何もしていません」彼女が晴れやかな声で言った。

「しかし、それはあなたのすべきことではありません、ミセス・インガソル」

彼女の目が大きく輝いている。依然として微笑んでいる。

「そうですか?」

「あなたはある行動を起こしたことで非難されています」ジェッシイが感じよく言った。「その行動は、検事の熱意、弁護士の腕、裁判官の政治体質などにより犯罪とみなされるかもしれません。みなされないかもしれませんが」

「まあ、ストーン署長。ばかばかしい」

「あなたは子どもたちのパンティをチェックしましたか、ミセス・インガソル?」

彼女はなおも微笑んでいる。目も依然としてキラキラしている。しかし、口を開かなかった。

「私と一緒に講堂に行き、子どもたちや親と話し合ってもらえませんか? 大ごとにならないように?」

彼女はしばらく上機嫌で動かずにいた。それから首を振った。

「私の夫を知ってますか、ストーン署長?」

「知ってます」

「じゃあ、今、夫を呼びますわ。ここからお引き取りください」

ジェッシイがモリイをチラッと見た。彼女は、ミセス・インガソルの背後の窓から外を見ながら立ち上がった。唇が音のない口笛を吹いている。ジェッシイは振り返ってミセス・インガソルを見た。それから、言った。「さあ、モル、今度は生徒たちと話をする番だ」

二人が校長室を出ると、ミセス・インガソルは受話器を取り上げ、ダイヤルし始めた。

3

「署に引きずってって、裸にして調べてやりたいわ」モリイが言った。「少しは思い知らせてやらなきゃ」

ジェッシイが微笑した。

「そういう選択肢はある、モル。しかし、被害者と話し合うのが先だろうな」

「わかってます。わかってますけど、もし私の子どもだったらと思うと……」

講堂の親と子どもたちは、あたかも自分たちが作りだした状況に怯えているかのように沈んでいた。小さな講堂だった。ジェッシイはステージの縁に座った。

「私はジェッシイ・ストーン」彼が言った。「署長です。いくつか方法があります。私がここでみなさん全員と話してもいい。モリイ・クレイン巡査と私が、お子さんたちだけと話しても、ひとりずつ別個に話しても、親御さんひとりひとりと」――彼がぱらぱらと見える父親たちに向かってニヤリとした――「あるいは、ご両親と話をしてもいいです」

パサパサのブロンドの髪に、日に焼けた厳しい顔つきの女が、娘と並んで最前列に座っていた。彼女が手を挙げた。ジェッシイがうなずいた。

「インガソルは何と言ってますか？」

「ミセス・インガソルは、否定も肯定もしていません。それで、皆さんに聞いてみようと思ったわけです」

親も子も、じっとしていた。エディ・コックスとスーツは壁に寄りかかり、モリイはジェッシイの傍に立って腰をステージに寄りかからせていた。

「ええと、調べられた生徒さんの中に、言いたいことのある人はいませんか？」

ブロンドの女の娘は、下を向いて何も言わなかった。母親がつついたが、下を向いたまま首を振った。

「あのう」

ジェッシイの目に、三番目の列の真ん中にいる黒い髪の女生徒が映った。チアリーダーにふさわしい肉体の兆しを見せている。うまくいけばだが。

「名前は？」ジェッシイがきいた。

彼女が立ち上がった。

「ボビー・ソレンティノ」

「オーケー、ボビー。お母さんと一緒か？」

「そうです」ボビーは答えると、母親のほうを向いてうなずいた。「この人よ」

「わかった。では、説明して」

「立たなければいけない？」

「いや。立とうが座ろうが、君次第だ」

「じゃあ、立ちます」

ジェッシイがうなずいた。

「水曜の午後は、あのバカみたいなダンスがあるの。知ってるでしょ、子どもたちを街に出さないで、マナーを教えるんだって」

彼女はバカにしたように鼻を鳴らした。何人かの女生徒がくすっと笑った。

「でも、みんなが行って、自分だけ行かなかったら変人みたいな気がするでしょう。だから、みんな行くの」

ジェッシイが微笑んだ。

「じゃあ、男の子たちも行くんだな」

「そう。もちろん」

ジェッシイがうなずいた。

「覚えているよ」

ボビーが一瞬彼を凝視した。ジェッシイも中学生だったことがあるなんて思いもしなかったかのように。

「ここに通っていたの？」

「いや、アリゾナだ。しかし、学校はどこも同じようなものだ」

ボビーがうなずいた。

「それで、ダンスの前に校長のインガソルが私たちを整列させて、女子のロッカールームまで行進させて、それから調べ始めたの」

「どんなことをしたんだね？」

「私のスカートを持ち上げて、パンティを見たの」

子どもと親たちのあいだにわずかながら不穏な空気が流れた。

「校長は理由を言ったかね？」

「言ったわ」――ボビーは声を低くして校長の真似をした――「『適切な服装には、見えるものと見えないものが含まれます』」

「どんなものが不適切かは？」

「ソングパンティをはいている者はすぐ出ていきなさいと言った。はいている人を見つけたら、家に帰すからって」

「出ていった者はいたの？」

「二、三人」

「ソングパンティをはいていたから？　それとも〝無言の抗議〟？」

彼の顔はまじめそのものだった。ボビーがニヤッとした。

「でなければ、何もはいてなかった」

ほとんどの女子生徒がクスッと笑った。

「それは、おそらく、もっと不適切だろうな」

母親の何人かが、子どもたちと一緒に笑った。

「誰か、その、パンティ検査に抗議した者は？」

「私はしたわ」ボビーが言った。「ほかにも二、三人。カーラとかジョアニーとか」

「それで、ミセス・インガソルは何と言ったの？」

「女子しかいないし、誰かに見られたとき私たちが恥をかかないようにしているんだって」

ジェッシイは大きく息をし、吐き出した。

彼が言った。「君は何歳だね、ボビー？」

「十月に十四歳」

「ありがとう。ほかに付け加えたいことのある人は？　カーラ、ジョアニー？」

誰も何も言わなかった。

「親御さんは？」

一人の父親が立ち上がった。がっしりとした体格で、外で働く労働者風に見えた。

「彼女を逮捕できるのか？」

「お名前は？」

「チャールズ・レーン」

「どんな嫌疑がかけられるかはっきりわかりません、ミスター・レーン。痴漢行為を訴えるには、通常、性的な接触を必要とします。暴力の場合は、通常、人を傷つける意図がなければなりません。プライバシーの侵害にはなっているかもしれませんが、はたして法律を適用できるかどうかわかりません」

「こんなことを、許すわけにはいかない」

「その通りです。あなたの立場なら、私も許しません」

「それなら、どうするつもりなんだ」

「エセックス郡の地方検事局と話をします」

「弁護士を雇ったほうがいいと考えてるのか？」

ジェッシイがニヤッとした。

「今、まさにそれを考えているところです」

4

ジェッシイはサングリアを作っておいた。二人はリビングの先の小さなバルコニーに座って海を眺めながら、それをすすっている。土曜日の夕方早くだった。ジェンは中華料理を持って来ていた。箱に入れたまま、低い温度に設定したジェッシイのオーブンで冷めないようにしている。

「実はね」ジェンが言った。「このあいだ気がついたんだけど、私たち結婚していたときより離婚している時間のほうが長くなったわ」

「そうだな」

「それなのに、まだこうしている」

「ああ」

ジェッシイは大きなガラスのピッチャーにサングリアを作り、氷をたっぷり入れていた。二人のあいだの低いテーブルに置いてあるピッチャーに水滴がつき、流れ落ちていくつも小さな跡がついた。

「あなたがいない人生なんて、想像もできないわ」

「いては暮らせない」ジェッシイが言った。「いなくても暮らせない」

「私たちよりうまくやれない人もいるわ」

まだ明るさが残っていたから、港の中に散らばっているボートでヒラメの海底釣りをしている人たちが見えた。サングリアを少し飲んだ。

「うまくやっている人もいる」

「そうね。もちろんよ」

一隻のボートで少年が魚を釣り上げ、両手でたぐってボートに入れた。父親が釣り針を抜くのを手伝った。

「なにもかもうまくいってるの、ジェッシイ？」

「そんなこと一度もないよ、ジェン」

彼がサングリアを飲んだ。

「でも、いつもより悪いってことはないでしょう？」

ジェッシイは彼女を見てニッコリした。

「それが俺たちのモットーかもしれないな。いつもより悪くない」

ジェンがうなずいた。

「最近付き合っている人はいるの？」

「何人か」

「特別な人は？」

「みんな特別だ」

「あなたとセックスをするから？」

「そう」

「私は特別？」

「そうだよ。セックスをしなくても」

「それほど特別な人はほかにいる？」

「いや」

二人はしばらく黙ってサングリアを飲んだ。太陽が沈み、小さなボートがドックに帰り、港につながれているボートと港の向こう側のパラダイス・ネックの家々に灯がともった。

「夕食にしましょうか？」

「そうだな」

「ここで食べてもいいわね」

ジェッシイがうなずいた。

「泊まって行くかい、ジェン？」

「かもしれないわ」

「かもしれないな」

「食べる前にセックスをしたほうがいいんじゃない。お腹がすいていたほうがずっとうまくやれるの」

「君はどんな状態でもうまいよ」ジェッシイが言った。

「それなら、私、特別に特別かしら？」

「君が特別に特別なところはほかにもいっぱいあるさ」

5

地方検事補は、背が高く運動選手のように見える女性で、ホリー・クラークソンといった。多くの検事補のように若い。おそらくロー・スクールを出てから五年ぐらいだろう。政府機関で経験を積み、いずれどこかの法律事務所に訴訟担当者として安定した職を得るのかもしれない。

「中学校の校長を逮捕したいのですか？」ホリーが言った。「何の嫌疑で？」

ホリーは、常に、トレードマークの特大の丸いメガネをかけている。今日はベージュのパンツスーツに襟先が長い黒のシャツを着ていた。

「何でもいいんだ」ジェッシイが言った。

「じゃあ、本当に彼女を刑務所に入れたいのですか？」

「そう」

「彼女の夫が州最大の法律事務所のマネージング・パートナーであることはご存知ですよね」

「ジェイ・インガソル。コーン・オークス・アンド・ボールドウィンの」

「その通りです。その彼女が中学校の女生徒のスカートをまくり上げ、下着をチェックしたと非難されているわけですね」

「そうだ」

「そう、ばかばかしい」

「認めますよ。彼女が少しばかり刑に服し、そうですね、反省するのを見るのは面白いだろうと」

「そうだろう」

「しかし、面白いからといって、逮捕することはできません」

「できないか？」

「できません。それに、ばかばかしいことをしたからといって人を告訴しはじめたら……」

「マスコミやトークショーの格好な話題になる。あなたの株も上がる」

「私はそれほど野心家ではありません。それに、私だったら、ジェイ・インガソルに認めてもらったほうが、マスコミのどんなご褒美よりも価値があります」

「子どもはいるのか？」

「まだです。その前に結婚しなければ」

ジェッシイがうなずいた。

「もちろん、私の子どもだったら、あの女の首をしめてやります。でも、彼女を告訴しても……何かしら理由を見つけられたとしてもですが、コーン・オークスの弁護団の書類に埋もれてしまうことを考えるとねえ。あの人たちがどれほどの資産を持っているかご存知ですか？」

「エセックス郡よりも多く？」

「もっといいものをもっと多くです。このオフィスの全員が私のように腕がいい法律家とは言えませんからね」

「このオフィスに死んでもいいと思ってる人はいないだろうか？」

「いません。たとえいたとしても、実行に移す前にハワードが首にしてしまいます」

「地方検事は事を起こしたくないんだな」

「地方検事は、翌年も再選されたいんです」

「なら犯罪に対し厳しい態度で臨むのはどうだ？」

「それは路上犯罪や、刺青をした怖そうな黒人の若者に対して厳しく当たるということなのです。学校管理者の迷惑行為に対してではないんです」

「被害を受けた、十三歳の少女たちがいるんだがね」

「よしてください。私も十三歳の少女だったことがあるんですよ。あの子たちは大人ではないけれど、何も知らない赤ん坊でもないんです。あなたも私同様、十三歳の少女は性的に活発だということを知ってますよね」

「だが、それが学校の責任というわけではないだろう？　読み書きはどうなった？」

「親が学校に押し付けているんです。うちのメリンダがティミー坊やとバックネット裏でいちゃついていたとき、お前はいったいどこにいたんだ、ってね」

「じゃあ、パンティ検査がそれを防止するとでも？」

「もちろん、そんなことはありません。でも、ミセス・インガソルは、やっぱり、教育者ですからね」

　ジェッシイがうなずいた。

「学校が好きだったことはないが、これは、本当は学校の問題ではなく、ミセス・インガソルの問題なのかもしれない」

「そうかもしれませんね」

「彼女は許されるべきじゃないんだ」

「べきじゃない？」ホリーが言った。「あなたも私も、べきだとか、べきじゃないとかの世界に生きているわけじゃないんですよ」

ジェッシイが彼女を見てニヤッとした。

「わかってる。しかし、そうすべきなんだ」

6

モリイがジェッシイのオフィスにミッシー・クラークを連れてきた。ミッシーはランニングショーツとお腹が出たTシャツに、カウボーイブーツをはいていた。目の回りを黒く化粧し、右耳に大きなゴールドのフープイヤリングをしている。十三歳。ジェッシイが椅子に座るように身振りで示した。モリイがドアのところで待っている。

「ご用件は？」ジェッシイが言った。

ミッシーは座ると、ジェッシイを見、モリイを見、もう一度ジェッシイを見た。

「二人だけで話をしたいんだけど」ミッシーがやっと言った。

ジェッシイがうなずいた。

「クレイン巡査は、通常、私が部屋で女性と二人きりになるとき同席するんだ。誤解がないようにね」

「誤解？　ああ」ミッシーが言った。「でも、あんたはそんな人じゃないわ」

ジェッシイが微笑した。

「そう。私はそんな人間じゃない」

彼がモリイに向かってうなずくと、彼女は立ち去った。ミッシーが開けっ放しのドアを見た。

「ドアを閉めてもいいんだよ」

ミッシーは立ち上がって、モリイがその辺に潜んでいないか廊下をのぞいてみた。それからドアを閉め、自分の椅子に戻った。ジェッシイは頭の後ろで手を握り、椅子に寄りかかった。

「さて、どうしたんだ？」

「このあいだ学校であんたを見たの」

「そうだね。私も君を見たよ。二列目、私の右側の一番端。小さなブルーの花柄の黄色いサンドレスを着ていた。親御さんとは一緒じゃなかったようだね」

「ミセス・インガソルは、ジーンズとかは着させてくれないの。どうして私のことがわかったの？」

「署長だからね。何でも気づくんだ」

「署長さんは私たちにやさしかったわ。ボビー・ソレンティノが話をしたとき、やさしかった」

「私がやさしくしてはいけない理由でもあるのかな？」

「だって、私たちは子どもで、あの人は校長だから」

ジェッシイがうなずいた。

「君はご両親と一緒じゃなかったが、あのミーティングに来たんだ」

「校長が私にスカートをめくらせたのがいやだったから」

「わかるよ」

ミッシーは部屋を見回し、ジェッシイが黙っていると、彼の左側のファイル・キャビネットの上に載っているジェンの写真をじろじろ見た。

「あれ、奥さん？」

「元の妻だ」

「どうして、離婚したの？」

ジェッシイが彼女を見てニッコリした。

「君には関係ないことだ」

ミッシーがうなずいた。

「奥さんが浮気したの？」

「答えは同じ、君には関係ない」

「ただ、どうしてかなと思っただけよ」

ジェッシイはうなずき、再び彼女に微笑んで言った。

「ミッシー、こういう場合、普通、警察官が質問するとうまくいくんだ」

ミッシーがうなずいた。二人ともしばらく黙っていた。ミッシーが再びジェンの写真を見た。

「この人、あのチャンネル3のレポーターでしょ？」

ジェッシイは答えなかった。

「そうよ。私何度も見たもの」

ジェッシイは黙って待った。ミッシーはまた部屋を見回した。

「話したいことがあるの」

「どうぞ」

「誰にも話しちゃだめよ」

「わかった。約束する」

「殺人事件みたいなことを話しても、言わない？」

ジェッシイは首を振った。

「それなら、言う」

「でも、殺人じゃないわ」

「よかった」

「それから、あんたを信用するわ」

「ありがとう」

二人は黙った。ミッシーは勇気を奮い起こそうとしているようだった。

「私……」彼女は口ごもり、息を吸い、再び話し始めた。

「スインギングって知ってる？」

「自由な《スインギング》ライフスタイルという意味で？」

「そう……知ってるでしょう、夫婦交換《ワイフ・スワッピング》」

「どういうものか知ってるよ」

ミッシーが黙った。ジェッシイは待った。

「ママとパパがそれをしてるの」

「スイングか？」

「そう」

「どうしてわかった？」

「一カ月に一度ぐらい、うちでスインガー・パーティがあるから」

「見たのか？」

「私と弟は二階にいなければならないんだけど」

「でも、のぞき見するんだね」

「そうなの」

「弟さんは何歳？」

「八歳」

「お父さんとお母さんは、君が知っていることを知っているのかな？」

ミッシーは首を振った。ジェッシイは大きく息を吸った。

「どう思う？」ジェッシイがきいた。

「署長さんはどう思うの？」彼女が言った。泣きそうな顔をしている。

「ひどい」

ミッシーがうなずいた。

「それに、弟は、あのう、セックスがどういうものかも、まだよくわかってないの」

「怖がるんだな？」

「そうなの。どうして知ってるの？」

「署長とはどういうものかさっき説明しただろう」

ミッシーがかすかな笑みを浮かべた。

「何でも知っているのね？」

「そうだよ」

「だから私たちがのぞき見したのも知っていたのね」

「実はね。君の立場にいたら、私も同じことをしたと思うから、わかったのさ」

ミッシーがうなずいた。

「たいていの大人の人は署長さんみたいじゃないわ」

「それはいいこと、それとも悪いことなのかな？」

「たいていの大人は、子どもだったことがないみたいに振る舞うのよ、知ってるでしょ？」

「君のご両親もそう？」

「そうよ。これをしろとか、あれをしろとか、レディらしく振る舞いなさいとかね。それなのになにさ。あの人たちがやってることを見てよ」

「つらいね」

「あの人たちにやめさせられる？」

「私の知っているかぎり、スインギングは法律に違反していないんだ」

「でも、悪いことだわ。結婚していたら、あんなことしちゃいけないんでしょう？」

「たぶん、そうだ」

「なら、やめるように言えないの？」

「言えるよ。でも、強制はできない。それに、君が密告したと、ご両親に知られたくないんだろう」

「もちろん、知られたくない」

「そうなると、私に何ができるか」

「なら、いいわ。もう知らない。あの人たちがあんなふうに生きていいなら、私だっていいはずだもん」

「君が本当にそうしたいなら、してもいいと思う。だが、復讐のためにセックスするのは最低だ」

ミッシーが再び沈黙した。

それから言った。「ほんとうはしたくない。吐いてしまいそう」

「怖いのかな？」

「怖くない……やっぱり怖い。たぶん」

「怖くなくなるまで、待つんだな」

「でも、パパとママは？　署長さんにできることはないの？」

「考えてみよう」ジェッシイが言った。「それから、たぶん、誰の名前も出さずにアドバイスを受けよう」

「誰のアドバイス？」

「たぶん、私の知ってる精神科医」

「精神科医なんて会いたくない」

「君に会うように言ってるわけではない。私は精神科医にかかっているから、アドバイスを頼める」

「署長さんが精神科医にかかっているの？」

「そうだよ」

「彼女のことで？」ミッシーがジェンの写真を見ながらきいた。「きっと彼女のことだわ、そうでしょう？」

今度も、ジェッシイは彼女に向かって微笑んだ。

今度も、言った。「君には関係ないことだ」

7

ジェイ・インガソルは、午後三時十分、デイジー・ダイクの店に入り、カウンターに座っているジェッシイを見つけると歩み寄って来た。

「ストーン署長。ジェイ・インガソルです」

「初めまして」ジェッシイが応じた。

インガソルは背が高く、引き締まっていて、ふさふさした白髪は短く切られ、よく日に焼けていた。濃い色のサマースーツがぴったりで、しょっちゅうテニスをしている男のように見える。

「ご一緒してもよろしいですか？」インガソルが言った。

ジェッシイは隣のスツールを指し示した。インガソルが座った。目の回りに独特のすてきな細かいしわが、口の端に半円形の深い溝が刻まれている。

「アップルパイですかな？」インガソルがきいた。

「そうです」とジェッシイ。

「うまそうですな」

「デイジーが作るパイはうまいです」

「私も、あなたの年頃には、午後のスナックにパイを食べても、体形を保っていられました」

「私はパイを二個食べるときもあります」

カウンターの後ろから若い女が出てきたので、インガソルはコーヒーをブラックで注文した。それが来ると、彼はスプレンダ（カロリー・ゼロの人工甘味料）を二袋入れ、かきまぜた。彼はジェッシイに向けてコーヒーカップを持ち上げ、「乾杯」と言った。

ジェッシイはフォークを持ち上げてそれに応じ、インガソルはコーヒーに口をつけた。

「ウワッ、熱い」

「熱いことが多いですよ」

ジェッシイは、インガソルが微笑するとえくぼができることに気づいた。

「私はベッツィ・インガソルの夫です」

「知ってます」

「ただ、私は、あなたがあの学校での出来事をプロらしく処理していらっしゃると思っているとお伝えしたかっただけです。マスコミ沙汰にはしない。大ごとにしない」

ジェッシイがナプキンで口を拭ってから言った。

「私はプロです」

「私の考えでは、あなたはもう本件を終了させた……」

「うーむ」

「うーむ何ですか？」

「うーむ、あなたのお話を聞いています」

「で、私の想定は正しいんでしょうね？」

「まだ見つかっていませんが、民事訴訟は起きると思いますよ」

「いったい、どういうわけで？　犯罪行為はなかったでしょう」

「まだです」

「では、まだ本件を終了させてない」

「いや」

「もし起きれば？」

「しっかり見守ろうと思ってました。見えるものは見ようと」

インガソルの口の回りの溝が深くなった。

「何を追っているんだ、ストーン？」

「あなたは彼女の代理人ですか？」

「彼女の夫なんだよ、まちがいなく」

「そして、彼女の弁護人ですかね？」

「私が個人的に彼女の代理人を務めようが務めまいが、絶対に私の事務所が介入するさ」

「リタ・フィオーレ？」

「彼女は刑事事件担当だ。どうしてリタを知っている？」

「私は署長ですからね。あちこち行くんですよ」

「これをビッグ・チャンスとでも思っているのか？　有名になる？　カネを作る？　いったい何が起こったと言うんだ？」

「あなたの奥さんが、あの女生徒たちの権利を侵したと思っています」

「何を言うんだ、ストーン」

「あなたがきいたから、答えたまでです」

「私だったら、ああいうことをやっただろうか？　まあ、やらなかっただろうな。ベッツィは、おそらく、私よりちょっと、言ってみれば、権威主義者なんだろう。学校管理職は並大抵の仕事じゃないんだ」

「そうですな」

「しかし、何事もなかった。怪我をした者はいなかった。犯罪は行なわれなかった」

「あなたに言わせるとですな」

「もちろん、検事のハワード・ハニガンとは本件について話をした。本件の追及にはまるで興味がないと、保証してくれた」

「彼なら、そう言うでしょうな」

「しかし、あんたは違う」

「まだ終了させる気になれないんでね」

インガソルはしばらく沈黙していた。それから、カウンターの上で両手をきつく握り、ジェッシイのほうに少し身を乗り出した。

「あんたは田舎の警察官にすぎない。前の仕事は首になった。ところが、私は州最大の法律事務所のマネージング・パートナーだ。あんたが私たちを困らせ続けるなら、葬ってやる」

「そうでしょうとも」ジェッシイが言った。

彼はカウンターに五ドル札を置き、立ち上がるとレストランから出ていった。

8

水曜の夜。彼の時間。ナイトホークは着替えを始めた。黒のジーンズ、黒のソックス、黒のスニーカー。白いTシャツを着て、その上から黒のウインドブレーカーを羽織った。前は開けたままだ。ネイビーブルーの野球帽をかぶり、目深に下ろしてから鏡を見た。ヒゲが顔の下半分を隠し、野球帽のつばが額に被さっているから、誰だかわからないだろう。ひとりでうなずくと、帽子を頭の後ろのほうに被り直した。それから、寝室の明かりを消し、階段を下りて、裏口から外に出た。〈デイジーズ・レストラン〉の前を通り過ぎ、海岸に向かい、〈グレイ・ガル〉を通りこしてウオーター・ストリートに入っていった。辺りに誰もいない。小ホテルのパラダイス・インを通り過ぎたところで、急に狭い路地に入った。そこで黒のウインドブレーカーのジッパーを上げ、野球帽を目深に引き下ろしてから、路地を進んで、ホテルの裏手の茂みの中に入った。木々の向こうは港だ。木のあいだに紛れ込むと、ナイトホークは見分けがつかなくなった。ホテルの裏側の一階の寝室を見つめた。明かりはついているが、部屋には誰もいない。〈俺は待てる〉、ナイトホークはそう思い、窓のすぐ外に立った。〈何の感情も見せず、ストイックに、静かに、見られずに〉。港の強い匂いが静かな夜風にのって漂って来た。周りの木々はホワイトパインで、夜気に快い香りを加えている。ホテルのほうからかすかにキッチンの音と、テレビらしい音が聞こえてきた。かすかに音楽も。すべては静けさを強調している。ナイトホークは腕時計を見た。〈四十五分間待とう〉。彼は暗闇に身を包んで身じろぎもせずに立っていた。闇はあまりにも静かで、自分の呼吸する音が聞こえ、深く静かな呼吸だと思った。鼓動は強く感じ感覚は鋭くなったように感じた。あたかも人生のすべてを完璧に味わえるかのように。寝室のドアが開いて女が入ってきた。五十歳ぐらい。赤い髪に四角い黒いメガネ。〈あの女、やるぞ〉。ナイトホークは、自分の肉体の一部が強く反応するのを感じた。女は黄褐色のスラックスにダークグリーンのトップを着ている。窓まで歩いてきて外を見た。彼から二フィート程の距離。彼は静かに呼吸していた。彼女が髪に手をやり、ナイトホークは彼女が外を見ているのではないことに気づいた。暗いガラス窓に映った自分の姿を見ていたのだ。彼は一歩も動かなかった。すると、彼女は手を伸ばしシェードを下ろした。彼はじっとしたまま、シェードが窓をすっかり覆ってしまったか注意深く見た。完全に覆ってはいなかった。テーブルが置いてある部屋の隅がわずかに見える程度だ。彼は確認するためにしばらく見つめていた。しかし、彼女がテーブルに来ることはなく、しばらくして明かりが消えた。ナイトホークは肩をすくめ、路地を戻ってウォーター・ストリートに向かった。路地から出る前に、野球帽を頭の後ろにかしげ、黒のウインドブレーカーのジッパーをおろして白いTシャツが街灯の弱い光の中に浮かび上がるようにした。腕時計を見た。〈まだ宵の口だ〉。そうつぶやくと、巡回中の夜警のようにウォーター・ストリートを歩き始めた。

9

ジェッシイは、スーツケース・シンプソンと一緒に自分の覆面パトカーの中にいた。パラダイスの西海岸にある富裕層の住む通りに駐車している。ここからだと、よく晴れた日には、二階から北の方角にケープ・アンが見える家もある。

「右側の三軒目」ジェッシイが言った。「ガリソン・コロニアル様式のでかい家。玄関が自然石」

「それで？」スーツが言った。

「クラーク家だ」

「わかりました」

「俺が得た情報だと、定期的に何組かのカップルをあの家に集めて、ワイフ・スワッピングをするそうだ」

「ここで？　パラダイスで？」

「信じられないだろう」

「考えられない」

「信頼できる筋から得た情報だ」

「で、俺に潜入捜査をやれっていうわけですね」

「ワイフがいれば、信頼度がますだろうな」

「じゃあ、もしかしてモリイ――」

「やめろ」

スーツがニヤッとした。「連中があそこでせっせとやりまくってるからって、俺たちにどんな関係があるんです？　法律違反じゃないんでしょう？」

「俺の知るかぎりはな」

「それで？」

「クラーク家の人たちを知ってるか？」

「さあ、ファーストネームは？」

「旦那はチェイス、奥さんはキンバリー」

「キンバリー・マグルーダー？」

「そうだ」

「俺、彼女の妹のタミーと同級生だった。けっこう発展家だったな」

「どうして知ってるんだ？」

スーツが再びニヤッとした。「ほら、俺は高校でフットボールのヒーローだったでしょう。覚えてないんですか？」

「お前がそう言ってたのは覚えている」

「イニシャル入りのセーターを着て派手に遊びましたよ」

「そうだろうとも。ところで、キンバリーを知ってるか？」

「こんにちはって言うぐらいは」

「彼女について何でもいいから知らないか？」

「いまだに結構かっこいいってことは知ってますよ」

「いまだに？　何だよ、スーツ。四十にもなっていないんだぞ」

「試しに付き合ってもいいですよ」

　ジェッシイがうなずいた。

「フットボールのジャージーを着ていけ。夫のほうはどうだ？」

「彼もフットボールをやっていた。でも、俺がやる前のことです。今はボストンで広告関係の大物になってるんじゃないかな」

「彼のこと、彼女のこと、それから二人の社交生活《ソーシャルライフ》についてできるかぎり調べてくれ」

「ワイフ・スワッピングのことですか？」

「彼らはおそらくスインギング・ライフスタイルと言ってるだろう」

「当然そう言ってるでしょうね。しかし、どうして俺たちがそんなこと気にするんです？」

「娘がそのことで俺に会いにきたんだ」

「えっ、娘が？　何歳なんです？」

「十三」ジェッシイが言った。「と思う」

「それで、知ってるんですか？」

「知っている。八歳の弟も」

　スーツは黙って、通りの先の、平らな緑の芝生の背後にある瀟洒な家を見た。

「そうですか。ひどい話だ。しかし、俺たちに何ができますか？」

「たいしたことはできない。児童福祉のほうで何かできないかと思うが、その娘にしゃべらないと約束したからな」

「俺にしゃべってしまいましたよ」

「お前は勘定に入らない」

スーツが再びニヤッとした。

「昔タミー・マグルーダーは、そうは言ってなかったな」

「今は、できるかぎり事実を知ることだ。つまり、わかるだろ、あの子がでっち上げたかもしれないんだ」

「十三歳の子が?」

ジェッシイがスーツの顔を見た。

スーツがうなずいた。

「わかりました。質問は撤回します」

10

「ああ、ジェッシイ」電話でジェンが言った。「嬉しくって。ニューヨークで仕事をしないかって言われたの」

「ニューヨークか」

「《アーリー・オン》ていう新しい番組なの。私は天気予報とライフスタイルの話をすることになりそう」

「引き受けるのか？」

「引き受けなきゃ。だって、私にとって大きな飛躍だもの。この番組はたくさんの局に配信されるから、しばらくしたら全国放送になりそう」

「いつ行くんだ？」

「次の月曜から放送が始まるの」

「住むところはあるのか？」

「あの、友だちのところに泊めてもらうわ。住まいが見つかるまで」

「友だち？」

「男友だち」

「俺の知ってるやつか？」

「知らないと思うわ。ここのチャンネル3にいた人だけど、今は《アーリー・オン》をプロデュースしているの」

「そうやるのが仕事を手に入れる方法なんだな」

「あの人たちは適当な人を探していて、リックが私を思い出してくれたわけ」

「そうだろうよ」

「まあ、ジェッシイたら。嫉妬なんてしないわよね」

「俺はしないさ」

「いいこと、あなたが出ていったのよ。私たちが初めて仲違いしたとき」

「そうだな」

「連絡するわ。約束するわね」

「わかった」

「絶対連絡する。電話するわ。Eメールもいいわね。あなたとの連絡を絶やしたくないのよ、ジェッシイ」

「待ってるよ」

「なんなら、私の携帯に電話してくれてもいいわよ」

「ああ」

「さあ、支度をしなきゃ。すぐ月曜だわ」

「そうだな」

「幸運を祈ってね、ジェッシイ？」

「いつも祈ってるよ」

二人は電話を切った。ジェッシイは椅子に深く座り直すと、空っぽの部屋でじっと宙を見つめた。もう結婚は解消した。彼女は好きなところに行き、好きな男とファックする権利がある。喉が詰まった感じがした。飲み込みづらい。立ち上がって、一杯作った。背の高いグラス。たくさんの氷。少量のスコッチ。ソーダをいっぱいに入れる。人差し指でかき回しながら、しばらく立っていた。バーの後ろにはオジー・スミスの大きな写真がかかっている。オジーは宙に浮いている。地面と平行に身体をできるかぎり伸ばし、ライナーを捕らえようとしている。ジェッシイは写真に向かってうなずいた。

「魔法使い（オジー・スミスのニックネームは「オズの魔法使い」）」

声が静かな部屋の中で侵入者のように響いた。スコッチを取り上げた。

「歴代最高の選手」

ジェッシイは、また少しスコッチを飲んだ。カウンターの上の大きなスコッチのボトルを見た。一・七五リットル入り。まだそっくり入っている。

「俺はあんたほど優秀な選手にはなれなかったろう。しかし、合格点には達したはずだ。怪我さえしなければ」

彼はグラスを持ってリビングを横切った。フレンチドアのところに立ち、港を見た。そしてスコッチを飲んだ。

11

ナイトホークは、だんだん水曜日が待ちきれなくなってきた。まだ実際に裸を見たわけではないが、女が見られていることも知らずに部屋の中を動き回っているところは見た。このまま行けば、いずれ見られるだろう。今夜は、寝室の窓からリンジー・モナハンを見ることができた。彼女の家の裏には原っぱがあって、その裏を通る鉄道線路を歩けば行けるのだ。彼は、原っぱの低い部分に突き出ている小さな岩の後ろに、双眼鏡を持って腹這いになった。彼女の寝室は、明かりはついているが誰もいなかった。ナイトホークは辛抱強い。獲物を捕らえるのは、最終段階だ。どんな狩りでも、その過程が楽しみの一部なのだ。一時間ぐらいしてから、リンジーが寝室に入ってきた。ブラウスを脱ぎ、ついでスラックスを脱いだ。下着は赤でフリルがついている。〈リンジーは見かけによらずエロチックだ〉。彼女はバスルームに入っていき、十分ぐらい視界から消えていた。出てきたときは、ターバンのように頭にタオルを巻き、大きすぎる白いタオル地のバスローブを着ていた。〈全身洗い立てのピカピカだ〉。ナイトホークは独り言を言った。彼女がベッドに来て座り、窓のほうを向いた。ナイトホークが双眼鏡でじっと見ていると、バスローブが膝のところで少し割れた。心臓がドキッとした。彼女が横に身体を倒し、明かりを消した。〈チェッ〉。ナイトホークは、双眼鏡を出したまま、しばらくじっとしていた。しかし、再び明かりがつくことはなかった。もうつかないことを確信すると、彼は立ち上がって腕時計をチェックし、線路に戻っていった。〈あの女は裸で眠るんだ〉。腕時計を見た。遅い。別の場所に行くには遅すぎる。リンジーに一晩使ってしまったが、華やかな下着姿の彼女を見ることができた。ちょっとしたものだ……だが、ものたりない。

12

　ジェッシイは服を着たまま眠ってしまった。長いシャワーを浴び、半リットルのオレンジジュースとコーヒーを三杯、アスピリンを二錠飲んだにもかかわらず、まだ二日酔いが残っている。机に座って四杯目のコーヒーを飲んでいるとき、モリイ・クレインが顔をのぞかせた。

「用件が二つありますが、ジェッシイ」

　彼がうなずいた。

「のぞき魔の通報。それから、地方検事が昼過ぎにここに立ち寄るそうです」

「のぞき魔の件で何か変わったことは？」

「何もありません。どこかの男が窓からのぞいて、ご主人が怒鳴ったら逃げていったそうです」

「今パトロールに出ているのは誰だ？」

「ジョン・マグワイアとアーサー・アングストロムです」

「ジョンを行かせろ。ハワード・ハニガン検事は時間を言ったのか？」

「彼とは話してないんです。彼の、あのう、女の子は、はっきり時間を指定しませんでした。ただ、昼過ぎとだけ」

「俺のところにも女の子がほしいな」

「私がいるじゃないですか」

「君は大人の女だ」

「あら、気がついてくださって嬉しいわ」

「クロウが教えてくれた」

モリィが赤くなった。

「俺たちの秘密だ、モリィ」

「私だけの秘密だったらどんなによかったかしら」

「ほとんど同じだよ」

「そうだといいけど」

モリィがちょっとのあいだジェッシイをじっと見た。

「今日は少しやつれて見えますよ」

「飲み過ぎたんだ、昨晩」

「一人で?」

「ああ」

「ジェンのことで?」

「ああ」

モリィは大きく息を吸い込むと、ゆっくり吐き出した。

「ふんぎりをつけるときじゃないかしら」

「そうなんだ」

「できればね」

「ああ」

「精神科医のディックスは何て言ってるんですか?」

「俺が強迫観念に取り憑かれていると思っているらしい」

「署長もそう思うんですか?」

「たぶん、俺は強迫観念に取り憑かれたいんだろう」

「そうかもしれませんね」

ジェッシイはそれ以上何も言わなかった。モリイは重い沈黙の中でしばらく待った。それから言った。「のぞき魔を通報した夫婦から話を聞いてくるように、ジョンに伝えます」

ジェッシイがうなずいた。モリイはもうしばらく立っていたが、部屋から出ていった。ジェッシイはコーヒーを飲んだ。

13

ハワード・ハニガンは、顔が痩せていて髪が黒かった。大きなべっ甲縁のサングラスをかけ、ジェッシイのオフィスに入ってきたときも外さなかった。

「ジェッシイ」彼が言った。「話がある」

ジェッシイはうなずき、ハニガンに椅子を指し示した。

「ベッツィ・インガソルの件は、どうなっているんだ？」ハニガンが言った。

「何も」ジェッシイが言った。

「なら、なぜジェイ・インガソルは、あんたが彼のかみさんを迫害していると言うんだ？」

「知りませんよ」

「本件を終了させたのか？」

「いや」

「なぜだ？」

「彼女が十三歳の少女たちの人権を侵害したからですよ。俺は彼女にその結果をはっきりと受け止めてもらいたい」

「結果か」

「そうだ」

「じゃあ、彼女を罰するために本件を生かしておくと言うのか？」

「彼女に心配させるため、あんなことをしなければよかったと思わせるためだ」

「ジェイと話をしたろう？」

「した」

「やつが何者か知ってるな？」

「知っている」

「俺はこの秋に再選を控えている」

「知ってるよ」

「ジェイ・インガソルのホーム・カウンティで」

「そうか」

「ジェイを怒らせるのはまずい」

「どういうことになるかは、わかる」

「なら、やつのかみさんをほっておいてくれないか？」

「だめだ」

「俺の選挙を危うくしようというのか？　どこかの校長を困らせるために？」

「ああ、そうだ」

「どうかしてるぜ、ジェッシイ。立件できないぞ」

「今のところはな」

「ということは、彼女に関する情報をもっと探るつもりなのか？」

「そうだ、そのつもりだ」

「何てことだ。何も見つからんぞ。彼女は数人の子どもを恥ずかしがらせただけだ」

ジェッシイは何も言わなかった。

「たとえ何か見つかっても、俺は訴追しないぞ」

ジェッシイは黙っていた。

「すでに行政委員とは話をした。トラブルを招きたいなら、やるがいいさ」

ジェッシイがうなずいた。

「いったいどうしたんだ、ストーン？」ハニガンが言った。

「あんたはわからないらしいが、俺もだ」ジェッシイが言った。

14

ジェッシイは、ジョン・マグワイアとスーツと一緒に署の会議室に座っていた。

「のぞき魔の件はどうなってる?」彼がマグワイアにきいた。

「たいしたことはありません」マグワイアが言った。「夫と妻」——ノートを見た——「名前はリチャードとアリス・ノース。ローズ・ストリート四十一番地。二人が寝る準備をしていて、寝室は一階ですが、彼女が窓の外を見ると藪の中に男が隠れているのが見えた。ミスター・ノースが窓を開けて、その男に向かって大声を出すと、男は急いで逃げて行った」

「それだけか?」

「話してくれたのはそれだけです」

「男の人相で何か変わったところは?」

「何も。中背の男で、黒っぽい服を着ていた。顔は見ていません」

「彼は何か見たのか?」

「のぞき魔がですか?」

「ああ」

「あの人たちの話では見てません。どうしてですか？」

「できるかぎり情報を得ようとしているだけだ。のぞき魔に関しては、いったん見るとその後の行動を変えることがあるんだ」

「ほんとうですか？」とマグワイア。

ジェッシイがうなずいた。

「そういえば、寝る準備をしていたと言ってましたけど、ミセス・ノースはちょっと恥ずかしそうに見えました」

ジェッシイがうなずいた。

「じゃあ、たぶん、お休みなさいを言っただけじゃなかったんだ」スーツが言った。

「たぶんな」マグワイアが言った。

「のぞき魔って、ふつう、のぞき以外のことはしないんですよね？」スーツがきいた。

「ふつうはしない」ジェッシイが言った。「しかし、ときにはエスカレートする。見たことや、それがどんな影響を与えたかによって、ときどきそうなるんだ」

「俺は、どこかの子どもが見たことのないものを見ようとしているだけじゃないかと思うんですけどね」マグワイアが言った。

「おそらくな」ジェッシイが言った。「引き続き頑張ってやってくれ、ジョン。今後も電話があればお前の仕事だ」

ジェッシイがスーツを見た。

「お前はどうだ？　何かわかったか？」

スーツはかっこよく敬礼して、ニヤッと笑った。

「パラダイス・ワイフ・スワッピング班、報告します」

「俺たち、こんなに犯罪をかかえているのか」マグワイアが言った。

「警察の仕事はそんなものなんだ」ジェッシイが言った。「市民が通報する、俺たちが調べる。市民が苦情を申し立てる、俺たちがチェックする。わかるだろう？」

「ワイフ・スワッピングは、法律違反にもなりませんよね」マグワイアが言った。

「子どもが苦情を申し立てたんだ」ジェッシイが言った。「スーツ？」

「ええと、彼らはウエブサイトを持っています」

「そりゃあ、持ってるだろう」

スーツがニヤリとした。

「クラブだと言ってます。パラダイス・フリー・スインガーズという。パーティ、バーベキュー、ピクニックなどをやる。旅行にも行く。すべてスインギングのライフスタイルを祝うため」

「名前は？」

「書いてないです。何人かのメンバーの写真とファーストネームはありました。でも、学校時代の知り合いが二、三人います」

「キンバリー・マグルーダー・クラークのほかに？」ジェッシイがきいた。

「ヴィニー・バスコ。高校のフットボール仲間。ワイドレシーバーだった」

「ほかには？」

「そいつのかみさん。たしか高校のときはデビー・ルポ」

「そんなクラブに是非とも入りたいな」マグワイアが言った。

「ワイフ・スワッピングか？」スーツが言った。

「もちろんさ。ただし、俺のかみさんは入らない」マグワイアが言った。

「そういうわけにはいかないらしいぞ」ジェッシイが言った。

「残念」

ジェッシイがニヤリとした。

「スーツ、お前の知っているやつ、誰でもいいから話ができるか？」

「男なら、クラークとバスコですけど。バスコとは一緒にフットボールをしてたから、けっこう仲が良かった」

「何がわかるか待ってるぞ」

「何がわかりたいのかさえ、わかりませんよ」

「いろいろ戦略が立てられるじゃないか」

15

ナイトホークは緊張していた。先週の水曜日、初めて成功した。女が裸で夫といちゃついているのが見られたのだ。だが、見つかって逃げなければならなかった。あんなふうに逃げ帰ったとは恥ずかしい。子どもの下手なのぞきみたいだ。姿の見えない観察者としての彼の自律は侵害され、匿名の力がもぎ取られてしまった。しかし、ちょっとした刺激もあった。危険にさらされたことで濃密な経験となったのだ。着替えをしながら、ナイトホークはあの経験をもう一度味わった。舌の上で転がし、高価な赤ワインのように識別しようとした。〈ある意味でワインのようだ〉、と思った。〈中毒になりそうだ。調査、可能性、そして、あの女の最も秘密な時間に全裸を目撃するという勝利の瞬間〉。ナイトホークはもっと欲しかった。〈その意味でもワインのようだ〉。裏階段を下りながら思った。〈少なくともある種の酒飲みは、酒を飲めばもっと飲みたくなる……俺はその手の観察者かもしれない。決して満たされることがない〉。静かな街の暗闇を歩きながら、ことの重要性に胸がいっぱいになり、不確実性に身が引き締まるのを感じた。今夜も彼女を、女を見られるだろうか、このあいだの水曜のように？　美人だろうか？　少し太め？　細め？　若いか、それとも白髪が見えるくらいの年齢だろうか？　服を脱いだとき、腹の周りにちょっと赤いへこみが見えることがある。下着のゴムが肌を締めつけたところだ。

彼は二度同じ場所に行ったことはない。今夜はベッドタウンに来ていた。閑静な脇道にこぎれいで高価な家が並んでいる。そのような脇道の一つを半分ほど行ったところに、次の通りへの抜け道がある。子どもたちが通り抜けているうちにできたものらしい。狭く、藪でさえぎられ、正面の街灯の明かりが届かない。ナイトホークは周りを見回し、誰もいないのを確かめると、そこに入っていった。抜け道の中程は土が盛り上がっていて、そのてっぺんの木のあいだに立つと、バーチ・アベニュー沿いの家の二階の窓をのぞき込むことができた。そこで、不寝番をすることにした。

16

「今日は自分の話よりも」ジェッシイが言った。「少し仕事の話をしたい」

「どうぞ」ディックスが言った。

「俺を信じないのか?」

「なぜ、君が私に嘘をつく必要がある?」

「あんたたち精神科医は、正面から答えることがあるのか?」

ディックスが微笑んだ。

「あるとも」

ジェッシイがうなずいた。ディックスが黙って待った。剃った頭が光り、白いシャツは輝き、彼自身はシャワーを浴びてピカピカに磨かれたように見える。いつもこんなふうだ。

「下着を見せるように女生徒に強要した校長のことは聞いてるだろう?」ジェッシイがきいた。

「新聞で、それに関する諷刺文は読んだ。パラダイスの一件だから気づいたんだがね」

「それは嬉しい話だ」

ディックスが一度だけうなずいた。

「親が騒ぎ立て、俺たちが呼ばれ……」ジェッシイが肩をすくめた。「どう思うかね？」

「下着検査のことかね？」

「そうだ」

「女生徒たちの人権を侵害したと思う」

「そう。俺もそう思うんだ」

ディックスが待った。両肘を机の上に置き、厚い両手を顎の前で組んでいる。ぴくりとも動かない。

「二、三度、署に来てもらった。訴追が無理でも、少なくとも不快感ぐらいは与えてやりたいんでね」

ディックスがうなずいた。

「夫のやつがいつもついてくる。彼女の夫が誰だか知ってるか？」

「いや」

「コーン・オークス・アンド・ボールドウィンのマネージング・パートナー」

「ほう」

「まさに〝ほう〟なんだ。地方検事は訴追するつもりはない。個人的に、〝彼女の件から手を引くように言ってきた。町の行政委員は、彼女のことは放っておくように警告してくるし、教育委員会の委員長も同じだ」

「彼は、そういう連中の立候補を支持してたのか？」

ジェッシイが冷ややかな笑みを浮かべた。

「奇妙なことに、支持しているんだな」

ディックスがうなずいた。

「しかし、君はこのままにしておけない」

「子どもたちはどう思うだろう。もし、誰かがあの子たちのプライバシーを侵害し、それがそのまままかり通ってしまったら？」

「もう、そう思っているかもしれない」

「それ以上の理由がある。それは……つまり、彼女がなぜあんなことをしたか知りたいんだ」

「もう彼女にきいたんだろう？」

「会うたびにきいている。誰かに見られたときに恥をかかずにすむことを教えるためにと答えたときもある」

「だから、みんなの前で自分のはいているものを見せるように無理強いしたというわけか？」

「そうなんだ。俺には子どもがいないから、わかってないかもしれない。しかし、俺の想像では、一番恥ずかしい思いをしたのは、母親がＫマートで買ってきた六枚一組の白いコットンパンティをはいていた子じゃないかな」

ディックスがうなずいた。

「このあいだ、話をしたときは、あの子たちが大人になったときに、ふしだらな女にならないようにしているんだと言っていた」

ディックスが微笑した。

「そんなに簡単にいけばいいが。ほかの説明は？」

「あまり。さっき言ったように、いつも夫がついてきて、彼女にほとんどしゃべらせない」

「優秀な弁護士ならみなそうするさ」

「そうだな。わかっているんだ。夫はいつも俺が嫌がらせをしていると非難し、訴訟を起こすと脅している」

「で、なぜこんな話を私にしているのかね？」

「さあ、わからない。どう思うかね？」

「親たちは民事訴訟を起こすことができるかもしれない」

「ああ」

「しかし、君はそれ以上を望んでいる」

「とにかく、彼女がなぜそんなことをしたのか、本当の理由を知りたいんだ。どう思う？」

ディックスは少し身体をそらせ、片足を机の端に押し付けた。磨かれた靴が光った。

「君に同意する。彼女が言った理由は嘘だ」

「じゃあ、彼女は何をしていたんだ？」

「我々が全く知らないことをしていたんだ。我々は彼女の内的な生活を知らない。その生活の中で下着が何を意味するかを知らない。ただ、彼女があんなことをした理由の一つは、彼女にはそれができたということだ」

「力ですか？」

「そう。しかし、力とふしだらと下着のどこをどう関連させたのかはわからない。あるいは、なぜ関連させたのか」

「どうしたらわかるだろう？」

「二、三年、私のところに来てもらうという手がある」

ジェッシイがニヤッとした。

「彼女と、彼女にしゃべらないように命令している夫」

「弁護士としての抑制以上の抑制をしていると思うのかね？」

「わからない。とにかく抑圧的なタイプの男だ」

「なら、その抑圧的なところと、彼のほかの要素とを混ぜ合わせて考えてみたらいい」

「すると、何がわかるんだ？」

「謎に包まれた神秘だ」

「今のところは、まるでわからないってことだな」

17

「のぞき魔の通報がさらに二件ありました」ジョン・マグワイアがジェッシイに言った。

マグワイアは体力作りに励んでいる。武術をやり、ウエートリフティングをやる。そしていかにもそれらに励んでいるように見える。

「共通の特徴は？」

「ありません。俺の見るかぎりは。一件はダウンタウンの波止場の近く。もう一件は町の西端」

「犯人は共通点を出さないように気をつけているのかもしれない」

「それもある種の共通点ですかね」

「それじゃ、たいして役立たない」

「しかし、だんだん活発になってきているようですよ」

「あるいは、住民が注意深くなってきているのかもしれない」

「ほとんどの住民は、のぞき魔が自由に動き回っていることを知ってますからね。誰も彼も窓の外を見ていますよ」

「それで、見つけた者を片っ端から通報している」

「なら、何人かは本当ののぞき魔じゃないかもしれない」

ジェッシイが肩をすくめた。

「模倣犯だってこともありえます」マグワイアが言った。

「それも数人の」

「すごい、犯人に手錠をかけたようなものだ」

「このまま調査を続けろ。お前の手伝いに回せる者はいないけどな」

「じゃあ、運まかせだ。こっちがどこかで偶然そいつを見かけるか、そいつが間違った家をのぞき見して、どこかの夫が現行犯逮捕するか」

「それもいいだろう」

「とにかく、女はみんなシェードを下ろすべきですね」

「今のところはな」

「ちょっと読んだんですけど、のぞき魔は普通、のぞき以上のことはしないそうですね」

「普通はね」

「インターネットでは〝滅多にしない〟と書いてあります」

「もちろん」

「〝滅多にしない〟は〝絶対しない〟ではないということですね？」

「ここの戦力は十二人だが、お前にはこの件を専門に当たってもらう」

「ということは、可能性があるってことですね」

「でなきゃ、ただの厄介者だ」

「そうですね。引き続き頑張ります」

「被害者全員に当たったのか？」

「もちろんです。報告書もまとめました」

ジェッシイがうなずいた。

「もう一度、被害者に当たってみろ」

「同じことを言いますよ」

「普通はそうじゃないんだ。たぶん、言わずにいたこと、言い忘れたこと、関係ないと思って口にしなかったことがある。彼らが話してくれることしか、情報はないんだから、どんどん話をきいてこい」

「わかりました」

「それから、礼儀正しく、友好的にやること。通報しなければよかったなんて思われたくないからな」

「俺はいつも礼儀正しく友好的ですよ」

「わかってる。たしか、お前が身柄を預かっているときに、階段から落ちた男がいたな」

「事故は起きるものです。それに、あいつは奥さんや子どもを殴っていたんですよ」

ジェッシイがうなずいた。

「第一、お前は、誰かを階段の下に投げ飛ばそうなんて思ったこともない」

「絶対に思いません、署長」

ジェッシイがうなずいた。

「行政委員にはそう言った」

「保護し、奉仕せよ」

「よろしい。ところで、のぞき見をされても、通報しなかった人はいるのかな？」

「たぶん。普通はいるんじゃないですか」

「いるかどうかやってみろ」

「やってます」

「何かわかったら、階段から投げ飛ばさないようにしろ」

「ええっ、ジェッシイ。署長は俺の捜査を台無しにする気ですか」

ジェッシイがニヤッとした。

「そうやって、俺は署長になったのさ」

18

ジェッシイは、仕事のあと、ポスト・オフィス・スクエアにあるランガム・ホテルのバーでリタ・フィオーレに会った。膝丈より短いブルーとグリーンのワンピースを着て、豊かな赤毛を肩まで垂らし、バックベルトのスチレットヒールをはいている。彼女がバーに入ってくると、ジェッシイは立ち上がった。

「いまだに見事な脚だ」

「ありがとう、気づいてくれて」

彼女が彼の隣のスツールに滑るように座った。

「コーン・オークスには服装規定はあるのか？」

「あるわよ。なければ、私、もっと派手な服を着るわ」

「これ以上派手な服を着たら、逮捕されるぞ」

「あなたに？」

「ここは俺の管轄外だ」

「あら、そうなの」

彼女はモヒートを注文した。

「ジェンは元気？」

「ニューヨークに行ってしまった」

「一人で？」

「いや」

リタは、グラスの縁越しにジェッシイを見ながら、モヒートをすすった。

「それで、私たちは飲んでるわけ？」

「俺が代用品を探しているって意味か？」

「まあ、そんなところね」

「君が好きだから会ってくれと頼んだ。君に会いたい、そして君から情報が欲しい」

「その順序？」

ジェッシイがニッコリして、手にしていたビールを少し飲んだ。

「特に順序はない」

リタがうなずいた。

「代用品でもかまわないわ」

ジェッシイがうなずいた。

「その件はあとで話そう。最初に、君のところのマネージング・パートナーについて聞きたい」

「ジェイのこと？」

「ああ」

「どうして私に聞きたいの……ああ！……奥さんのパンティ検査のことね」

「そうだ」

「パラダイスで起きた」

「そう」

「ジェイにとっては非常に恥ずかしいことだったわ」

「そうだろうな」

「まだ追いかけてるの？」

「まあね。誰もそんなこと望んでないけどな」

「あなたは大いに気になるのね」

ジェッシイが肩をすくめた。

「あの女は、子どもたちの人権を侵害したんだ」

「それが法的に認められる主張か、ちょっと疑問ね」

「しかし、彼女は侵害したんだ」

リタがにっこりした。

「だから、彼女をちょっと懲らしめたいのね」

「そうなんだ」

「懲らしめられるのは、あなたのほうよ。せめてもの救いがあるとすれば、たぶんベッツィ・インガソルは大恥をかいて、こんなことしなければよかったと思うぐらい」

「彼女を知ってるのか？」

「あまり。私たちがとっても温かくて優しいことを証明するために、事務所がたまにやる趣味の悪い社交的な催しにときどき出てくるわ。でも、あまりしゃべらない」

「ほとんどジェイがしゃべるからか？」

「全部と言ってもいいくらい」

「わかった。じゃあ、彼女の夫について教えてくれ」

「超優秀な弁護士だったわ」

「だった？」

「たぶん、今もそうでしょ。でも、もう弁護士の仕事はあまりしない。今は事務所の経営がほとんどね」

「で、事務所はうまくいってるのか？」

「非常に」

「妻を愛しているかな？」

「知らないわ」

「彼はそう言ってるけどな。ほかに大事に思っているものは？」

「事務所」

「ほかには？　子どもは？」

「子どもはいないわ」

リタはモヒートを飲み終わった。バーテンダーがすばやくやってきた。

「もう一杯いかがですか、ミズ・フィオーレ？」

「ええ、お願い」

「こちらさまは？」バーテンダーが言った。「ビールをもう一杯？」

ジェッシイはためらった。

「スコッチを飲みなさいよ、ジェッシイ」リタが言った。「ひどい顔よ」

「デュワー・アンド・ソーダを」ジェッシイがバーテンダーに言った。

「かしこまりました」

リタがきいた。「ジェイには会ったことはあるの？」

「街で会ったとき、少しばかり俺に圧力をかけていった」

「彼のような成功者は大勢いるわ。成功してしばらくすると、何でも思い通りにできる、誰も否とは言えないと考えるようになる」

「君は彼が好きか？」

「憧れるわ」

「彼と結婚したいとは？」

「いやよ、とんでもない」

「どうして？」

「自分のことしか考えないもの。ああいう人間はみんなそうよ」

「妻を守っているように見えるけど」

「自分の名声を守っているのよ。愚か者の夫だなんて思われたくないの」

ジェッシイがうなずいた。

「なぜそんなに関心があるの？　彼と対決するつもり？」

「情報を集めているだけさ。物事は知っていたほうがいいからな」

「そうね、あちこちに若い娘がいるわ」

「それは想像していた」

「その気になったときに、その娘たちのところに行く。でも、ただの格好ばかりで中味のない男、だなんて思わないで」

「思わないさ」ジェッシイが言った。

「あなたがそうじゃないようにね」リタが言った。

19

町中の人間が、まだ捕まっていないのぞき魔に興味を持ったり、面白がったり、恐怖に駆られたりしていた。人々はのぞき魔のことを知っていた。名前は知らないが、何をしたか知っている。ナイトホークは怖くなった……が、心をくすぐられた。今週の水曜はいつもの夜回りをしなかった。かわりに、普段着を着てパラダイスをぶらぶらして、様子をうかがった。町中のブラインドが下ろされている。彼は微笑し、自分の力を意識した。警察の動きに変わったところはなさそうだ。張り込みも、街をゆっくり走るパトカーも見当たらない。警察に特別な動きがないことに、かすかな失望を感じた。いずれにしても、たいした警察じゃない。まだ夜回りを続けられるかもしれないと思うと元気が出た。しかし、同じやり方はしない。もう、誰も不用意にブラインドを上げっぱなしにしないだろうから……露出狂を見つけないかぎり。〈のぞき魔と露出狂が出会ったら、おもしろいだろうな〉。そんなことは、まずあり得ないのはわかっている。どっちにしろ、うまくいかないに決まっていることもわかっている。ずっと同じ女を見たいとは思わない。ただ女の秘密を知り、先に進み、次の女の秘密を知りたいだけだ。しばらくは、別の町に行ったほうがいいかもしれない。事態が落ち着くまでは……いや。事態が落ち着くことなど望まない。それに、この町で秘密を発見したいのだ。彼が住んでいるこの町で。ほとんどの人を知っているこの町で。彼はパラダイス・ネックに通じる土手道の本土側の端で立ち止まった。壁の上に前腕をのせ海を眺めた。この先、水曜の夜がきてもずっとうまくいかなければ、ひどくフラストレーションがたまるだろう。この二週間というもの、ベッドルームさえ見ていない。どこもかしこもブラインドが下りている……風がなかった。星は天高く、暗い海が静かに土手道にささやきかけている。彼はじっと大洋を見つめた……〈よし。新たな場所を開拓しよう。もちろんリスクは高くなる〉。しかし、見返りは大きい。暗闇の中で微笑した。〈株式市場のように、ハイリスク、ハイリターンだ〉

20

スーツがドーナッツの袋をぶらさげて署長室に入ってきた。

「パラダイスのセックス。続編」

彼がドーナッツをジェッシイの机の端に置くと、ジェッシイが袋から一つ取りだして、ぱくついた。

「必要経費の請求書があるんですが」

「何の？」

「ヴィニー・バスコにビールを数本買ってやり、デビー・バスコとキム・クラークにランチをおごりました」

「モリイに渡せ」

スーツがうなずいて、コーヒーを飲んだ。

「何かわかったか？」

「〈グレイ・ガル〉でヴィニーにビールをおごったときに、パラダイス・フリー・スインガーズのことを知りたいって言ったんです。もちろん、警察官としてではなく、一緒にフットボールをした仲間として」

「信じたか？」

「たぶん、信じてません。でも、本当は、困惑してるんですよ。ちょっと気色悪いと言ってましたから」

「じゃあ、なぜあんなことをするんだ？」

「俺も同じ疑問を持ちました。で、俺の答えは」――スーツがニヤッとした――「女房」

ジェッシイがうなずいて、袋からもう一つドーナッツをつまんだ。

「で、ヴィニーに言ったんですよ。『奥さんが好きなのか？』すると『そうなんだ。彼女、興奮するんだよ』って答えたけど、この話はこれぐらいしかわかりませんでした。そのあとは、俺がもう少し長くブロックできていたら、あいつはもっと相手の奥深く走る時間があっただろうって話になりました。だから、あいつがもう少し速く走れば、俺はそんなに長くブロックする必要がないんだと言ってやりました。まあ、そんなところです。ヴィニーはいつもいいやつなんです」

「チェイスとは話をしたのか？」

「チェイス・クラーク？　してません。ろくでもない男ですよ。昔からずっと。あいつには我慢ならなかった。あいつも俺には我慢ならなかった」

「信じがたいね」

「ほんとにろくでもない男なんですよ」

「それで、女房のほうへ行ったのか？」

「行きました。キム・クラークは高校の上級生で、俺は、まあ、一目惚れでした」

「早くから徴候を見せていたか？」

「未来のスインガーとしてですか？　そんなことないです。でも、妊娠させられちゃったんですよ。

だから十三歳の娘がいるんです。俺より数歳上なだけなのに」

「じゃあ、徴候はあったのかもしれない。デビーはどうだ？」

スーツがニヤリとした。

「彼女なら徴候は大いにありました。誰とでもと言っていいほど」

「二人とは一緒にランチをとったのかね？」

「しました。二人は、ずっと友だちでしたよ。キミーが熱心なカトリック信者になったときも」

「デビーはそうじゃなかった」

「見たかぎりは。で、俺は、二人とは全然関係ない事件を捜査しているんだが、スインギング・ライフスタイルについてできるだけ知る必要があるって言ったんです」

「二人は話してくれた」

「たぶん、俺が知りたくないことまで」

「カクテルつきのランチだったのか？」

「職務です。それからワインを二本」

「キャンディーのほうがしゃれてるが酒のほうが手っ取り早いってことか」

「署長、俺は真っ昼間に飲んだことなんかありませんよ。ほんの少しワインをすすっただけで、家に帰って昼寝をしなきゃならなかったくらいです」

「飲んべえになるのもひと苦労だ。二人はどんな話をしてくれた？」

「初めは、ある種の高尚な人生哲学みたいな話でした。自由な《スインギング》ライフスタイル」

「解放されたライフスタイル」

「そうです。何とかからの〝解放〟……何て言ってたかな？　〝男女関係の制約からの解放〟。たしかデビーはそう言ってました」

「抑圧された変質者ぐらいなものだろう、反論するのは」

「デビーが言うには、調査によると、スインガーはそうでない人よりも男女関係に満足し、結婚生活も安定しているんだそうです」

「なぜなら、彼らは率直で、愛情に溢れ、秘密のセックスをしないからだ」

「うわあ、秘密のセックス」

「我ながら驚くこともあるさ、ときにはな。ところで、どういうシステムになっているんだ?」

「スインガーズ・クラブですか?」

「そうだ」

「夫婦のみ。独り者はだめです」

「俺たちは入れてもらえないな」

「そうなんです。公平じゃないですよね?」

「独身の女性は?」

「俺の知るかぎり、規則はないですね」

「差別だな。それで、連中は定期的に会うのか?」

「月に一度メンバーの家で会合を開きます。それから、パーティやバーベキューやピクニックなんかもやります」

「どれもパートナーが別のカップルのパートナーとセックスをするためなんだな」

「だと思います。ときどき、自分のパートナーがやっているのを見ているパートナーもいます」

「どうやって決めるんだろうな」

「誰が誰と何をするかを？　俺もどうするんだろうと思ってました」

「だが、聞かなかったんだな」

「だんだん恥ずかしくなってきたんですよ」

「警官は恥ずかしがらないものだ」

「絶対に？」

ジェッシイがスーツを見てニヤリとした。

「ほとんど絶対にだ。話は大部分デビーがしたようだな。キムは何か言ったのか？」

「あまり。デビーの話に相づちを打っていた感じですかね。でも、わかりません。あまり言うことがないみたいでした」

「話をきかなきゃならないのは彼女だよ」

「あまり話さなかったからですか？」

「なぜ話さなかったか、知っておいたほうがいいんだ」

21

ジェッシイは〈デイジーズ・レストラン〉のテーブルに座り、向かいに座っているサニー・ランドルを見た。ぴったりしたジーンズに白いタンクトップを着ている。

「その服だと、武器を隠して持つのはむずかしいな」ジェッシイが言った。

「この服は何かを隠すためのものじゃないのよ。銃はバッグに入っているわ」

ジェッシイがうなずいた。

「その服はちゃんと仕事をしているな」

「隠さないという?」

「そう」

「気づいてくれればいいなと思っていたのよ」

二人はアイスティーを飲み、サンドイッチを食べていた。サニーはベーコン・レタス・トマト・サンドイッチ。ジェッシイはロブスター・クラブ。

「俺たちがここに来たのは、何か目的があったのかな?」

「つまり、なぜ私がここに来てあなたとランチをしているかってこと?」

「ああ」

「あなたがえりすぐりのかっこいい男で、私は会いたくてたまらなかった、というのはいかが」

「ステキな答えだ」

「本当のことよ。会いたかったわ」

「そう。俺も会いたかった」

「それから。お願いがあるの」

ジェッシイがうなずいた。

「みんなお願いばかりだ」

「あら、悲観論者ね」

「悲観論を実践しているところだ。どう思う？」

「最低。で、お願いっていうのはね」

ジェッシイがニッコリとうなずいた。

「私の友だちのスパイクを覚えているでしょう」

「もちろん。大男、ひげ面、ちょっと熊のような」

「そう、それがスパイク」

サニーはサンドイッチを広げて、ベーコンをつまみ出し、端をちょっぴりかじった。いつも、シャワーを浴びたばかりで、髪を丁寧にとかし、入念に化粧をして服を着たように見える。今も彼女を新品のように見せる新鮮さが漂っている。

「彼、ボストンにレストランを持っているの。〈スパイクの店〉っていうんだけど。クインシー・マーケットの近くよ」

「ずいぶん気のきいた名前だな」

「事業を拡大したくて、ここで店を開く場所を探しているの」

「〈スパイクの店・北支店〉か？」

「あら、その通り。どうしてわかったの？」

「本当に気がきいた名前なら、たぶん、そのまま続けたいだろう」

サニーはバラバラになったサンドイッチからレッドレタスの葉を取って、少しずつかじった。

「警察署長と知り合いになると、彼には好都合だと思ったんだけど」

「君にとってはどのくらい好都合だった？」

「たぶん、あなたの想像以上」

しばらく二人は黙って、会話が別の方向に向かうのを待った。

「俺の友人のマーシイ・キャンブルを紹介してもいいよ。不動産屋だ」

「いい友だち？」

「ああ」

「特別に？」

「なぜ聞くんだ？」

サニーはトマトのスライスを少しかじった。それから、下に置き、ナプキンで口を拭った。

「ジェンは元気？」

「ニューヨークに行ってしまった」

「仕事で？」

「ああ」

「一人で行ったの？」

「いや」

「男の人？」

ジェッシイは椅子の背にもたれ、首のストレッチをしているかのように天井を見上げた。

しばらくして言った。「もちろん」

サニーがうなずいた。ジェッシイが身を乗り出して、彼女に向かって微笑んだ。

「リッチーは元気か？」

「よく知らないわ。私たち、しばらく離れてみようと決めたから。でも、あきれちゃうじゃない、もうすぐ今の奥さんが赤ちゃんを産むの」

ジェッシイがうなずいた。

「ロージーは？」

サニーが首を振った。

「安楽死させたわ。この春に」

「そうか。残念だったな」

「ええ。でもなんとか乗り越えるわ」

「つらいな」

「とっても」

ジェッシイは、テーブルの上のサニーの手に自分の手を載せた。二人は黙っていた。ウエートレスが来て、デザートの注文をきいたが、二人は断わった。ウエートレスが勘定書を持ってきたので、ジェッシイは支払い、チップを加えた。

「さあ、出よう」

「どこへ行くの？」

「手始めに海岸を歩いてみよう」

「いい考えね」

「ああ」

二人はレストランを後にした。

22

エディ・コックスが電話をかけてきた。

「ジェッシイ」彼が言った。「家宅侵入事件です。ここに来てください。すぐに。それからモリィを連れてきて」

「どこだ」

コックスがビーチ・ストリートの住所を教えた。

「すぐ行く」

「サイレンを鳴らせるかしら？」ビーチ・ストリートに向かって車を走らせながらモリィがきいた。

「その必要はない」

「まあ」モリィはそう言い、腕を組んで助手席に身を沈めた。「何があったんですか？」

「家宅侵入。女性が巻き込まれているはずだ。コックスが君に来てほしいと言ったんだから」

「単に私の優れた捜査力を必要としたのかもしれませんよ」

「そうかもな」

コックスのパトカーが、ありふれた感じの小さな白いコロニアル様式の家の前に止まっていた。その家は、町の南の、同種の家が建ち並ぶ通りにあり、通勤電車の駅に近い。前庭に梨の木がある。

ジェッシイがベルを鳴らすと、コックスが玄関のドアを開けてリビングを指し示した。部屋は表から裏まで通じている。ジーンズと白いTシャツをきた女がソファに腰掛けていた。泣いている。

「子どもは？」ジェッシイがきいた。

モリイがソファのところに行き、女の傍らに座った。

「学校です」コックスが言った。「ご主人はボストンで働いてますが、今帰ってくるところです」

「名前は？」

コックスが手帳を見た、

「ドロシー・ブラウンさん」

ジェッシイがうなずいて、ソファのほうに歩いていった。

「ジェッシイ・ストーンです、ミセス・ブラウン。だいじょうぶですか？」

彼女がうなずいた。

「何があったのか、話してもらえますか？」

彼女が再びうなずいた。モリイは黙って隣に座っている。ジェッシイは待った。ミセス・ブラウンが気を取り直した。

「子どもがここにいたら、どうなっていたか」

「いなくてよかった」ジェッシイが言った。

ミセス・ブラウンが、二、三回息を吸った。

「マイケルはいつものように仕事に出かけました。プレストン駅七時四十分発の電車です。八時に子どもたちをスクールバスに乗せました」彼女がかすかに微笑んだ。「いつもひと苦労なんですよ。朝食の後片付けをし、ベッドを直し、シャワーを浴び、服を着ました」

彼女が座っているソファの向こう側の部屋の端に、手入れの行き届いた小さな暖炉がある。その上には、ボストンの北の海岸線に沿って突き出ている岩に波が砕ける様子を描いた大きな油絵がかかっている。彼女は、話をしながらその絵にうつろな目を向けていた。声は抑制され、一本調子だった。

「きれいになって階段を降りてきました。お化粧もして。そうしたら、スキーマスクをつけたあいつが、リビングにいたんです……私はコーヒーを飲みながら新聞を読むつもりでした」

エディ・コックスが、落ち着かなそうに玄関のそばに立ち、モリイはミセス・ブラウンの隣に座っている。ジェッシイは待った。

「あいつは銃を持っていて、言う通りにすれば、危害を加えないと言いました。『どうすればいいの？』みたいなことをきくと、着ているものを全部脱げと言ったんです」

ジェッシイがうなずいた。

「それで、『どうして？』って、ほんとうにバカみたいなことを聞きました。そうしたら、あいつは言ったわ。こんなふうに言ったんです。覚えています。『全部脱がないと、あんたを痛い目に遭わせるからだ。でも、脱げば、そんなことはしない』」

彼女は一息つき、寒さを感じたように自分を抱きしめた。モリイが彼女の腕をそっと撫でた。

「しばらく脱げなかったようでした。ただ突っ立っていると、あいつが銃をちょっと動かして、言いました。『子どもが学校から帰ったときに、俺がここにいてもいいのか？』」彼女の目に涙が溢れ、今にも泣きそうになった。しかし、泣かなかった。再び自分を抑制した。

「それで、服を脱ぎました」彼女は膝に目を落とし、震えた。「あいつはそこにいて、私が脱ぐのをじっと見ていました。リビングで、朝の十時という時間に」

コックスは後ろ向きになり、フロントドアの両側の細いガラスの側窓から外を見た。モリイはずっとミセス・ブラウンの腕を撫でている。

「全部脱ぐと、あいつはそこに立って私を見ていました。『お願いだからレイプしないで』と言うと、あいつはうなずいて、それからあの小さなデジタルカメラを取り出して私の写真を撮ったんです」

「まあ、ひどい」モリイが言った。

「私はどうしていいかわからず、ただ、そこに立ち尽くすほかありませんでした。それから、あいつは、私にソファにうつぶせに寝て、目を閉じ、百まで数えるように言いました……ある意味で、そのときが一番つらかったです。あいつが何をするかわからなかったから。それで、百まで数え、数え終わって、そっと見ると、あいつはいなくなってました。それから、座ったときも、あいつは戻ってきませんでした。それで、服を着て、警察を呼んだんです」

「どのくらい近寄ってきましたか？」ジェッシイがきいた。

「近寄る？」

「そうです」

「それほど近くには。今あなたがいるところより近くには来ませんでした」

「じゃあ、あなたに触らなかった」

「ええ」

ジェッシイはリビングをぐるっと見回した。暖炉の上の油絵以外に絵はかかっていない。

「あなたに子どもさんがいることを、彼はどうして知ったのでしょう？」ジェッシイがきいた。

「わかりません」

「あなたは、お子さんのことを口にしませんでしたか？」

「してません」

「この男が誰かはわからなかった。そうですね？」

「スキーマスクをしてましたから。さっきお話ししたように」

「それはわかってます。しかし、マスクを被った人物でもよく知っていれば、声や癖からその人がわかることもあるんです」

「あの男が誰なのか、見当もつきません」

「わかりました。二、三言わせてください。今回の事件については大変お気の毒に思います。私にその埋め合わせをすることはできませんが、この男を捕まえるためにできるかぎりのことはします」

ミセス・ブラウンがうなずいた。

「次に、ご主人が戻られたら、この話が世間の知るところになるかもしれないことを心にとめて、お子さんたちにどう話すか決める必要があります」

「あいつは写真をどうするつもりでしょうか？」

「わかりません。連中はたいてい他人に見せません」

「連中？」

「こういう過激なのぞき行為をする人たちのことです」

「こんなことをする人たちがいるんですか？」

「います」

「でも、人に見せないとはかぎらないでしょう？」

「ええ」

「ああ、どうしよう！」

「ご主人が帰られたら、二人でよく話し合ってください」

ミセス・ブラウンがうなずいた。

「もう一つ。今日これから身を寄せられる場所がありませんか？」

「子どもたちも？」

「そう、みんなです。夕食ごろまで」

「向かいのクローニンさんのお宅に寄せてもらえると思います。どうしてですか？」

「鑑識の担当者が捜査できるように、この家を立ち入り禁止にしたいんです」

「指紋なんかありません。ラテックスの手袋をしてましたから。お医者さんがはめるような」

「それでも、家の捜査は必要なんです、よろしければ」

「わかりました」

「クレイン巡査がご一緒します。二人だけで話ができます」

「あいつが戻ってきたら？」

「あなたが一人きりにならないように手配しましょう」

ミセス・ブラウンがうなずいた。

「では、モル、ミセス・ブラウンをクローニンさんのところまで連れていってさしあげなさい。そこで話ができる」

モリイがうなずいた。

「夫は？」ミセス・ブラウンが言った。

「お帰りになったら、そちらに行ってもらいます」

「私から話してもいいですか？」

「もちろん」

二人は沈黙した。

それからミセス・ブラウンが言った、「あいつは私の裸を見ただけでした」

モリイが言った。「ええ」

「私は四十一歳です。ほかにも私の裸を見た男はいます。大勢ではないですけど、幾人か」

「そうですか」

「私の身体はまだ見られます。恥ずかしく思いません」

「もちろんです」

「なら、どうして今回はこんなに大ごとなのかしら？」

モリイがミセス・ブラウンの肩に腕を回した。

「大ごとなんですよ。あなたにとっては」

「なぜ？」

「ほかのときは自分の意志でおやりになったからです」

23

ベッツィ・インガソルが署長室に入ってきて、ジェッシイの机の前の椅子に腰を下ろし、脚を組んだ。

魅力がないわけではない。ジェッシイは思った。ちょっといかつい感じはあるが、魅力がなくなるほどではない。

「おいでいただき、ありがとうございます」ジェッシイが言った。

「署長さんですから。私は権威を尊重します」

「あなたのような方がもっとたくさんいればいいですな。ベッツィとお呼びしてもいいですか？」

「必ずしもあなたを尊敬しているわけではありませんから」

「この地位を尊敬なさっている」

「なぜ私に会いたいのですか？」

「このあいだの件で、もう少しお聞きしたいことがありましてね、ベッツィ。弁護人の同席をお望みですか？」

「夫のことをおっしゃっているのですか？　夫がいなくてもお話ぐらいできますわ」

「では、弁護士なしにお話しくださるわけですな」

「私は何も悪いことはしていません。誰とでも話をしますわ」

「それはすばらしい。あの日、あなたがチェックした女生徒の中で、何人が不適切な服装をしていましたか？」

「何人？」

「ええ。何人の生徒が〝きわどい〟と言ったらいいんですかね、そんな服装をしていたのですか？そのためにチェックしたんですよね？」

「ストーン署長。あれはしばらく前のことです。わかりません」

「あなたは二十二名の女生徒をチェックしたんです。そのうち十三名を着替えさせるために家に帰しました」

「ご存知なら、どうしてわざわざおききになるんです？」

「田舎の警察署長なもので、ベッツィ、ほかにすることがないんですよ」

「ミセス・インガソルと呼んでいただきたいわ」

「それでは堅苦しすぎますよ。平等がよろしかったら、ジェッシイと呼んでください」

「ほかに何か？」

「着替えるようにと家に帰した生徒ですが、全員ソングパンティをはいていたのですか？」

「非常識な質問です」

「この一件自体が非常識なんですよ、ベッツィ。何人の生徒がソングパンティをはいていたんですか？」

「わかりません」

「ソングが七人。ビキニが四人。それから、レースがひらひら過ぎるか、色がふさわしくないのが二人」

「下着は装飾品ではないんです。衛生と慎みのためのものです」

「ヴィクトリアズ・シークレット（セクシーな下着が売り物の、アメリカの下着の通信販売カタログ）はそういうことを承知してますかね？」

「あなたは私を困らせているだけです、ストーン署長。なぜですか？」

「私は理解しようと努めているんです。ベッツィ」

「何も理解することなどありません。私の務めは、あの子たちの幸せのために尽くすことです。単に読み書きをできるようにするだけではなく、子どもの全存在に気を配っているんです。私の生徒たちには必ずレディになってもらいます」

「恐ろしい」

「何ですって？」

署長室のドアが開いて、ジェイ・インガソルが入ってきた。

「いったいどういうことだ？」

ジェッシイが彼を見上げて微笑んだ。

「ジェイ。私も知りたいですな」

24

ナイトホークは恐怖に駆られていた。思いもしなかったことをやってしまった。それも真っ昼間に。もし彼女が抵抗したら、むりやりやらせただろうか？　銃で撃ってしまっただろうか？　コンピューターの画面で彼女の写真を見た。裸で怯えている。クリックして彼女の別の写真も見た。どうしてだ？　どの写真も本質的には同じ写真なのに、その一つ一つを見ずにはいられない。そして見るたびに、同じ恐ろしい心の動揺を感じる。同じ欲望と、恐怖と、満たされない欲求の錯綜。あれは不完全な経験だった。だから、どれほど見ていようが、不完全のままだ。それでも、見ていると、見続けずにはいられなくなる……身体の震えを感じた。今回はうまく逃げおおせた。誰にも見られなかった。慎重に行動し、痕跡を残さなかった。もうやめるべきだ。やることはやったのだから、ここら辺であきらめるべきだ。すべてを。ナイトホークに関することすべてを。まだ遅くない。こんな生活は終わりにできる。そうすれば安全だ……写真を破棄しろ。たぶん、コンピューターも破壊したほうがいい。完璧な安全をめざせ。そうすれば、誰にもわからないだろう……彼はもう一度、名前も知らない、裸の、恐怖に駆られた女をじっと見つめた。……〈俺には写真を破棄することはできない〉……彼は次の写真をクリックした。同じ女。同じ身体。同じ恐怖。〈なぜ見続けているんだ〉……そうやって、見続けながら、自分は間違いなくまたやると思った。用心深い偵察をし、別の女の家を観察し、状況を把握してから、自分に確信が持てて、条件が整ったときに、家の中に押し入って脱がせる。間違いない。女の写真を撮る。そうすれば、彼女の秘密をコンピューターで詳しく観察できる。決して十分とは言えないが。俺はやめない。たぶん、やめられないんだ。しかし、もっとひどいことをするようになったら？　今よりひどいことはしたくない。でも、してしまったら？　彼はそんな考えを一掃するように首を振った。そして、またもや写真をクリックし始めた。

25

「君には、私のいないところで妻と話をする権利はない」インガソルが言った。

ジェッシイは返答をしなかった。

「何を話した？」インガソルが妻に言った。

「何か話すことがあったかしら、ジェイ？」

「これは嫌がらせだ」インガソルがジェッシイに言った。

ジェッシイは微笑し、黙っていた。

「君はそれを承知している。そうだろう」

ジェッシイがまた微笑した。

「彼が私にかまわないようにできないの？」ベッツィ・インガソルが言った。

「できるとも」インガソルが言った。「そのつもりだ」

「そうしてもらいたいわ。本当は、とっくにそうしていてもらいたかったわ」

「言っただろう。彼がお前に、どんなやり方にせよ、近づいてきたら、すぐ私に電話するように」

「ええ。言ったわ」

「しかし、お前は従わなかった」

「そうね」

「そのことは後で話すことにしよう」

「なぜ後なの？」

インガソルが首を振った。

「ストーン」彼が言った。「君のことで地方検事と話をした」

「彼から聞いてます」

「それから、君のところの行政委員会とも話をした。まもなく、知らせがあるだろう」

「まちがいなく」

「なぜ、今じゃいけないの？」ベッツィ・インガソルがきいた。

「何が？」インガソルが言った。

「なぜ、今、私があなたの言うことに従わなかった話ができないの？」

「何を言うんだ、ベッツィ。私たちは署長室にいるんだぞ」

「完璧じゃないの。不服従の罪で私を逮捕させてもいいのよ」

ジェッシイは、インガソルが怒りを抑えているのがわかった。

「そんなことをするつもりはない、ベッツィ」

インガソルが微笑んだ。

「それについては家で検討しよう」

「いつ？」

「家に帰るのはいつになるかな？」

「私はすぐにも帰るわ。でも、あなた。あなたはいつ帰るの？」

「お前が帰るときに」

当惑が怒りに取って代わろうとしていた。

「いいリフレッシュになるわ」

当惑が勝とうとしている。

「私が家にいることが？」

「いることなんか、滅多にないでしょう」

インガソルは実際に身体を突かれたかのように見えた。彼女を凝視した。

「ベッツィ」彼がやっと言った。「私はニューヨーク以北で最も大きな法律事務所のマネージング・パートナーなんだ。長時間、一生懸命働いている」

「あなたが一生懸命に働いていることは知ってます。でもそれは何のためかしら」

インガソルがジェッシイに言った。「ちょっと失礼してもいいかね？」

「席をはずすということですか？」

「ええ」

「いや、どうぞ、お帰りになって結構です」

インガソルが黙って立ち上がった。

それから言った。「ベッツィ、行こう」

「先にお帰りになって、ジェイ。私はまだ終わってません」

彼は、再び黙った。

それから「まったく、恥さらしな女だ」と言うと、署長室から出ていった。

ジェッシイはベッツィを見た。そして、待った。

「あの人、まるで私が弁護士の新米助手みたいに、命令しまくるんです」

ジェッシイがうなずいた。

「妻なんですよ、ほんとに」

ジェッシイが再びうなずいた。

「もっと注意を向けてもらいたいわ」

ジェッシイは黙って待った。ベッツィ・インガソルは、それ以上何も言わなかった。

「彼があなたに命令しまくることが理由だったのですか？」ジェッシイがきいた。

「いろいろあります。これで終わりですか？」ベッツィが言った。

「たぶん終わったと思います」ジェッシイが言った。「今のところは」

26

「私のこと見てくれた?」ジェッシイが電話にでると、ジェンが言った。

「テレビで?」

「そうよ、ほかにどこがあるの?」

ジェッシイはその夜最初のスコッチをすすった。ジェンに聞こえないように用心深く。

「まだ見てないが」

「まだそっちには配信されてないのかもね。でもいずれ放映されるわ。ほんとうに番組が始まったのよ」

「気をつけとくよ」

「毎週水曜の朝に、スタイルレポートをやっているの。それからインタビューと、もちろん天気予報も」

「同時配信《シンジケート》地区すべての?」

「知ってるわよね。地域全体の予報。『東部の天気はほぼ全域に渡り晴れて穏やかです。チェサピーク湾地区には嵐雲が見られ、メイン州の海岸沿いは季節外れの気温になります。今からあなたの地域の予報をお届けします』ローカルニュースに変わります。しばらくお待ちください」

「住むところは見つかったのかい？」

「ダウンタウンに。小さくてステキなワンルーム・マンション。五番街と六番街のあいだ、十丁目。統制家賃よ」

「また借り？」

「いいえ。友だちが家賃統制以来ずっと住んでいるの」

「友だちからのまた借りか？」

「いいえ、一緒に住んでるわ」

「家賃が助かるな」

彼はまた一口飲んだ。用心深く。

「そうなの」

ジェッシイは何も言わなかった。

「そうよ、実は、彼が払ってくれているんだと思うわ」

ジェッシイがスコッチを飲み終わった。

「ずいぶん家賃が助かる」

ジェッシイは、ジェンに気づかれずにもう一杯作れるか考えた。

「私、あなたには正直でいようと頑張っているのよ、ジェッシイ。だから、これ以上、私につらく当たらないで」

「わかった」

「私たち、いつもお互いに正直だったでしょう」

「いや、実は、正直じゃなかった」

「でも、今からでも遅くないわ」

「そうだな」

彼は立ち上がってカウンターまで行き、アイスバケットから一握りの氷を取ってグラスに入れた。

「飲んでいるの？」

「もちろんさ」

彼は電話を切った。留守電も止めた。それからグラスに氷をもっと入れ、スコッチをいつものところまで加え、グラスがいっぱいになるまでソーダをそそいだ。電話が再び鳴ることはなかった。一口ゆっくり飲むと、カウンターのスツールに座り、オジーの写真を見た。一人でうなずいた。オジーにはなれなかったろう。けど、それなりのプレーはできたはずだ。オジーの写真を見るたびにプエブロでのプレーを思い出す。球は右翼へのゴロ。ランナーが一塁から走ってくる。ジェッシイがカバーに入っている二塁への送球が少し高かった。ベースから足を離さずに手を伸ばしながら球を捕って一塁へ送球しようとしていたジェッシイに、ランナーは見事なスライディングでぶつかってきた。ひっくり返った。右肩が地面に叩きつけられた。ボールを離さなかったが、ダブルプレーはできなかった。肩を壊した。最後のプロの試合になった。彼は立ち上がり、フレンチドアのところに行き、港を眺めた。ジェンに文句を言う権利はない。二人は離婚しているのだ。彼はほかの女たちと寝た。彼女もほかの男たちと寝た。始めたのは彼女のほうだった。二人がまだ結婚していたときに、彼女が始めたのだ。ジェッシイはまたスコッチを飲んだ。あのときは、あのとき。今は、今だ。すべてが下方へ落ち続けているように見える。彼は大リーグのショートになるはずだった。だが、ならなかった。ロサンゼルスの強盗殺人課の刑事だった。だが、刑事でなくなった。ジェンと結婚した。もう結婚していない。彼はスコッチを飲み終わり、カウンターに戻ってもう一杯作った。なみなみと注がれたグラスを写真に向けた。

「あんたと俺だけだ、魔法使い」

今では国の片隅のちっぽけな町の警察官だ。夜は一人で酒を飲み、野球選手のポスターに話しかけている。彼はグラスを自分の椅子まで持っていき、座って電話を見た。留守電をオフにしておく必要などなかった。どっちにしたって、彼女が電話をかけ直してくるはずがない。彼は手を伸ばして、オンにした。誰もいない部屋を見回し、一口飲んだ。

「これがすんだら、次は何だ?」空っぽの部屋で声を出した。

彼は座ったまま、自分が今口にしたことを考えてみた。それからゆっくりうなずくと、かすかに微笑んだ。

「何もないさ。どうみても何もない」

27

モリイは受付の電話を会議室に接続した。アーサー・アングストロムとバディ・ホール以外のメンバーは全員揃っていた。

「さらに二件の家宅侵入事件があった」ジェッシイが言った。「これまでに三件。手口は同じようだ。女が日中ひとりで家に居る。マスクを被り、銃を持った男が入ってきて、むりやり服を脱がせ、写真を撮る。うつ伏せに寝かせて百まで数えさせ、そのあいだに消える」

「男は同じ服装ですか？」スーツがきいた。

「黒のズボン、黒のウインドブレーカー。スキーマスク。野球帽、おそらくヤンキースの。女たちははっきり見ていない」

「近所の人は、誰も何も気づかなかったんですか？」マグワイアがきいた。

「ああ、気づいていない。周りに人が住んでないということではないんだ。ほとんどの家は共働きで、子どもは学校だ」

「車で来たか、徒歩だったかわかりますか？」スーツがきいた。

「いや」

「例ののぞき魔みたいな服装ね」モリイが言った。「やつかもしれませんよ」

「のぞき魔は、通常あんなふうにエスカレートしないものだ」スーツが言った。

ジェッシイが彼を見た。

「いろいろと調べているんですよ」スーツが言った。

彼は自分の前のテーブルに黄色の事務用箋とボールペンを置いている。ジェッシイはうなずいて、ファイル・キャビネットの上の大きなポットのところに行き、コーヒーを持って来た。テーブルにはドーナッツの箱が載っている。一つ取った。

「何か考えはないか？」彼がきいた。

ドーナッツを一口かじり、シナモンシュガーがシャツにかからないように前屈みになった。

「共通する特徴はないですかね？」スーツが言った。

「女性」モリイが言った。「全員四十代。全員既婚。子どもは学校」

「全員、昼間は比較的人がいなくなる地区に住んでいる」スーツが言った。「少なくとも学校がある日だ」

「じゃ、何に惹きつけられたのか？」ジェッシイがきいた。「既婚か？　子どもか？　四十代か？」

「昼間ひとり？」マグワイアが言った。

「比較的裕福な地域」とスーツ。

「そのすべて？」モリイが言った。

「年齢がほかのすべての要素に関連しているかもしれないわ」モリイが続けた。「学齢期の子どもがいる女性は、ほとんど三十代か四十代よ」

「あんたのように、モル」スーツが言った。

「とんでもない。私は一番上の子と同い年よ」

「どうしたらそうなるんだ？」とスーツ。

「そういうものなの」

ジェッシイがマグワイアを見た。

「最初の家宅侵入以後、のぞき魔の通報は？」

「ありません」

「同じ人物かもしれないと考えなければならないな」

「そいつが誰かわかってません」スーツが言った。「だから、考えても大して変わりません」

ジェッシイはスーツを無視した。

「しかし、そうじゃない可能性も考慮に入れていい」

「のぞき魔は俺の担当です、ジェッシイ」マグワイアが言った。「家宅侵入も俺の担当ですか？」

「家宅侵入は全員が担当する。もし例ののぞき魔のしわざなら、エスカレートしている。そして、どこまでエスカレートするかわからない」

誰も何も言わなかった。

「モリイと俺は被害者の聞き込みを続ける」ジェッシイが言った。「君たちはそれぞれ自分の知人に当たってくれ。知人全員だ。質問でも、ゴシップでも、世間話でも、真面目な議論でも、冗談でも何でもいい、君らをどこかに連れてってくれる話や、何かを語ってくれる話、何かに結びつく話がないか耳を傾けるんだ」

誰も何も言わなかった。

「警察がいい仕事をしていれば、市民は自分の家で安心していられる」

全員が黙っている。

「我々はもっといい仕事をする必要がある」

誰もしゃべらない。むっつりしている。

ジェッシイがニヤッとした。

「ひとつ俺を助けてもらえないかね」

みんなほっとした顔をした。

「よし」ジェッシイが言った。「仕事に戻る時間だ。モリイ、アーサーとバディに今の話を伝えてくれ。スーツ、お前はちょっと残れ。ほかの者はみんな……」彼は親指をドアのほうにぐいっと向けた。

彼らは立ち上がり、出ていった。スーツは黄色の事務用箋を机の上においたまま座っていた。

「残りのドーナッツは、みんな俺たちのものですよ」

言いながらスーツは箱に手を伸ばし一つ取った。

「まだ、スインガーたちと話をしているのか？」ジェッシイがきいた。

「もちろん。でも、あまり情報が得られません」

「連中の中にだ、特に見ているだけが好きなやつがいないか調べるんだ」

スーツがドーナッツの半分を飲み込みながらうなずいた。

飲み込むと言った。「スインガーズの一人だと思っているんですか？」

「いや。本当のことを言うと、思ってはいない。しかし、ほかに打つ手が見当たらないんだ。それに、少なくともスインガーズのグループは性行為が特殊だからな」

「ちょっと時間がかかりますよ。ほんのちょっぴり情報を得るのに、いやというほどおしゃべりしなきゃならないですから」

「そういうのを警察の仕事というんだ」

「とんでもない遠回りですね」

「今は、ほかに近道がない」

スーツがうなずいた。ドーナッツを食べ終わった。

「やつはもっとひどいことをすると思いますか？」

「例ののぞき魔なら、かなり速く階段を上ったことになる」

「服装が同じなのは」

「模倣犯かもしれない」ジェッシイが言った。「わざと我々を惑わせた可能性もある」

「あるいは、やつかもしれない」

「そう、やつかもしれない」

「何がわかるかやってみます」スーツが言った。

28

「それで」スパイクが言った。「最近、二人とも何か変わったことがあったかね？」

「あると言えばね、あなたもよく知ってるでしょ、私の元夫と、ジェッシイの元妻」サニーが言った。

「じゃあ、これからってことだ」

ジェッシイが微笑した。

「マーシイ・キャンブルはどうだった？」ジェッシイがきいた。

三人は〈グレイ・ガル〉のテラスに座っている。彼らの背後で日が沈み、停泊中の船がパラダイス・ネックの方向に長く影を伸ばしている。

「いい人だね」スパイクが言った。「しかもあんたのことをえらく気に入ってるよ」

「俺はみんなに気に入られるんだ。どこかいいところを探してくれているか？」

「彼女は、商業不動産は扱わないけど、扱ってる男と互いに仲介しあっている」

「何か見つかったのか？」

ジェッシイはビールを飲んでいる。スパイクはメーカーズマークをオンザロックで、サニーはリースリングをすすっている。

「ああ」スパイクが言った。

「見つかったの？」サニーがきいた。

「ああ」

「あら、どこ？」

「ここだよ」

「え、この〈グレイ・ガル〉？」

「そうだ。すぐに〈スパイクの店・北支店〉になる」

「あらまあ」

「おめでとう」ジェッシイが言った。

「でも、〈スパイクの店・北支店〉って名前はだめよ」

「なぜ、だめなんだ？」

「だってここは〈グレイ・ガル〉だもの。昔からずっとここにあったのよ」

「少なくとも、あんたが署長と遊びはじめてからは」

「少なくともそのくらいはね。名前には歴史があるのよ。あなたが変えてしまったら、みんな怒るわよ」

「俺が気にしなきゃならないとでも」

「お客さんがあなたに怒るのよ」

スパイクがサニーを見て微笑んだ。彼女はよくスパイクのことを〝私のコンプライアンス・コンサルタント〟と呼んでいるが、ジェッシイはその理由がわかった。彼は飛び抜けて背が高いわけではない。しかし、熊のようにどっしりした無形の力を感じさせるのだ。

「それじゃ、〈スパイクのグレイ・ガル〉というのはどうだ？」

「うっ」とサニー。

「わかったよ。〈グレイ・ガル〉だ」

「これで、成功まちがいなしよ」

「あんたもいいと思うかい、ジェッシイ署長？」

スパイクの薄くなった髪は短く刈られ、髭も短く刈り込んである。キラキラした目にどうでもいいさといった表情が浮かんでいる。

「遊んでいるって言ったな？」ジェッシイが言った。

「遊んでいるって、何を？」スパイクが聞き返した。

「サニーと俺は遊んでいたわけじゃない。真面目だった」

「ほう。素晴らしい。俺だって真っ当なゲイじゃなけりゃ、彼女に真面目な気持ちを持つさ」

「二人とも、私のことをもっと話し合いたい？」サニーが口を挟んだ。「静かにしているわ」

「君が私立探偵《プライベート・ディック》だと聞いたときは、望みを持った。だが、君に会って、望みは打ち砕かれたよ」

スパイクが言った。

「ディックってディテクティブ《探偵》の省略形よ（ディックには男性器の意味もある）」サニーが言った。

「そうさ」スパイクが言った。「今頃教えてくれるのか」

サニーがくすくす笑った。

「契約はいつ？」ジェッシイがきいた。

「六十日後」スパイクが言った。「なんなら、勘定をつけにしてもいいよ」

「制限なしのつけにしてくれ」

29

ジェッシイは署長室に座り、ナイトホークからきた手紙を読んでいた。

ストーン署長殿

君が私を探しているのは知っている。私は、君が追っているのぞき魔であり、あの女たちに服を脱がせ、写真を撮った男である（同封の写真を見てくれ。本当に私であることがわかるはずだ）。あれをやっているとき、私は一種の熱に浮かされたような昏睡状態に陥る。終わると、自分に嫌気がさし、もう二度とやるまいと誓う。しかし、やっぱり私はやってしまう。今よりも、もっとひどいことをしやしないかと心底心配だ。おかしなことだが、昏睡状態にあるときは、別人になっているようだ。ある種の強迫観念ではないかと思う。たぶん、強迫観念とはそういうものなのだろう。実行中は大きな快楽を得るが、あれは結局私の人生を破滅に導いている。自分自身を憎んでいる。これまでにも大勢の裸の女を見てきたが、私の強迫観念は満足することを知らない。自首するつもりはない。おそらく、自首すべきなのだろう。私はあれを憎んでいる。自分自身を憎んでいる。これまでにも大勢の裸の女を見てきたが、私の強迫観念は満足することを知らない。自首するつもりはない。おそらく、自首すべきなのだろう。しかし、強迫観念がそれを許さない。だから自首はできないと思う。その上、私には、この手紙が助けを求める心からの叫び《クリ・ドゥ・クール》なのか、あるいは、君を愚弄することが私の強迫観念の一部なのか、それさえもわからない。わかっていることは、私の人生が強迫観念を実行に移す度に、どんどん耐え難くなってきていることだ……だが、私は見る必要がある。女の秘密を知る必要がある。

ナイトホーク

ジェッシイは、手紙に同封されていた三枚の写真を取り上げた。どれも驚く程似ている。恐怖に駆られ辱められた女が、裸で立ち、カメラを見ている。女たち自身も幾分似ている感じさえする。黒い髪。太ってない。同じくらいの背の高さ。女たちはどんな秘密を晒しているのだろうか？　裸体？　それならインターネットで何千もの裸の女の写真を見ることができる。何がこの女たちを特別なものにしているのか？　裸やセックスではなく、支配や力にかかわることなのかもしれない。ジェッシイの考えでは、ほとんどの男の場合、セックスと力は無関係ではない。三人の女が表面上似ているのは重要なことだろうか？　おそらく、彼女らと同じ年齢、体重、社会的地位の女が、知らない男のカメラの前に裸で立たされたら、ほとんどの場合、彼女らと同じように非常に似て見えるだろう。やつは、なぜ手紙を書いてきたのか？　捕まりたいからだろうか？　それとも、公の場でセックスをする連中、つまり、捕まる可能性があることで刺激をもっと強くしようとする連中と同じなのか？　それとも、その両方か。

ジェッシイは写真を窓のところに持って行き、日の光で注意深く調べた。何も語ってくれない。ナイトホークは、明らかに、デジタルカメラを使い、写真をコンピューターに入れ、普通の印刷用紙で印刷している。写真をひっくり返した。何もない。また表面を上に向けた。何もない。どこのコンピューターか、どこのプリンターかわからない。どんな種類のカメラかさえわからない。机に戻り、引き出しからラベンダー色のファイルフォルダを出した。事務用品を買ってくるモリイは、カラフルなのが好きなのだ。彼は三枚の写真を机の上に広げ、一枚ずつファイルフォルダで覆った。それから、一インチずつフォルダをすべらせ、少しずつ見えてくる写真の部分部分を見ていった。何もわからない。手紙でも同じことをした。わからない。手紙を窓のところに持っていき、日の光の下でじっくり見た。普通の紙。一般的な印刷書体。机に戻り、三枚の写真の上に手紙を載せて、ラベンダーのファイルフォルダに入れた。それから、ドアのところに行き、大声でモリィを呼んだ。

「ドアを閉めて」彼女が入ってきたとき、ジェッシイが言った。

モリイはドアを閉め、ジェッシイの机の前に座った。ジェッシイは彼女にフォルダを渡した。

「まず手紙を読み、それから写真を見てくれ」

モリイはうなずいてフォルダを開けた。手紙を読み、写真を見た。終わるとすべてをフォルダに戻して閉め、机の端に置いた。

「最低な男」彼女が言った。

ジェッシイがうなずいた。

「もう調べたのですか?」

「考えうるありとあらゆる角度から」

「写真は?」

「まだだ。ピーター・パーキンズに調べてもらってくれ。君のいるところで」

「私のいるところで?」

「この写真は君に管理してもらいたい。ほかの署員に渡したら、三十秒後にはコピー機にかけられてるだろう」

「男と裸って、どうなってるんです？」

「男は裸が好きなんだろうな」

「つまりですね、私は結婚して十七年になりますから、夫は私の裸をもう五千回は見ていますよ。それなのに、私がシャワーから出てくるたびに、窓からのぞき見するみたいに見るんです」

ジェッシイがうなずいた。

「どういうことなんです？」

「さあ」

「署長もそうですか？」

ジェッシイがゆっくりうなずいた。

「かなり」

「警官になってから、女性ののぞき魔って聞いたことがあります？」

「ない」

「理解できませんね」

「俺もだ」

「私が言いたいのは、服を脱いだ男なんか見たいとも思わないってことですよ」

「例のアパッチ族出身のアメリカ先住民の男でも？」

「まあ、いい加減にしてもらえません？」

「そのつもりはないね」

「たった一回のちょっとした軽率な行為。どうして話してしまったのかしら?」

「俺は署長だからね」

モリイがうなずいた。

「残念だけど真実だわ。で、この事件は私の担当ですか?」

「この写真はしっかり管理しなければならない。証拠品だから。しかし、男の警官たちに裸の写真を見せたくない。女たちにこれ以上恥ずかしい思いをさせたくないんだ」

モリイはまたうなずくと、フォルダを取り上げた。しばらくジェッシイを見ながら立っていた。

「署長はそれほど悪くないですよ。男にしては」

「アパッチだったらよかった」

モリイはもうしばらく彼を見ていた。

「くそったれ」彼女が言った。

「おい。少しぐらい尊敬しないのか」

モリイがニヤリとした。

「くそったれ、署長殿」彼女はそう言うと、出ていった。

30

ジェッシイは、ディックスに会うとき、ナイトホークの手紙のコピーを持って行った。

「読んでくれるか?」ジェッシイが言った。

ディックスはうなずいて手紙を取った。注意深く読むと、ジェッシイに返した。

「連続家宅侵入犯か?」

「そうだ。被害者の写真もあるが、持って来なかった」

「その必要はない」

「どう思うかね?」

ディックスは、椅子を後ろに傾けた。腕は肘掛けに載り、指が平らな腹を叩いている。

「自分を理解しているようだ」

「狂っているとは思わないかね?」

「思う。彼も自分がおかしいとわかっているようだ」

ジェッシイがうなずいた。

「この手紙に、彼を捕まえる手掛かりになりそうなものはないだろうか?」

「あまりないな。その女たちのことを話してくれ」

「既婚。母親。四十歳ぐらい。黒髪。まあまあ美人だが、人を振り向かせるほどではない」

「今のところ、三人？」

「そうだ」

「ということは、どんなタイプの女性が好みか、おおよそのことがわかるかもしれない」

「サンプルが少なすぎるようだな」

「今、わかっているのはそれだけなんだろう。事件をどう見ているんだね？」

「やつは、裸の女性の写真を撮りたがる」

ディックスが微笑した。

「反論しがたい」

「手紙からわかることはないかな？　自分が狂っていることを自覚している以外に」

「やり続けると約束している」

「俺の知るかぎりでは、普通、のぞきから家宅侵入へエスカレートすることはないが」

「私もそう感じている」

「しかし、起こりうる」

「そうだな」

「実際、やつがそうしている」

「自分がのぞき魔だと嘘をついているのでなければ」

「嘘をついていると思うのかね？」

「それはわからない」

「では、嘘ではないとして、なぜ次の段階に進むんだろう？」

「わかりようがないな。例のパンティ事件のように。こういうことが彼にとってどういう意味を持つのか、我々には見当もつかない」

「のぞき行為のほうが、はるかに危険が少ない。たとえ捕まったとしても、その結果はずっと軽い」

「それが家宅侵入の魅力かもしれないな」

「リスクがか？」

「手紙からすると、どうも捕まりたいらしい」

「なら、俺たちはただ座って、やつが捕まりにくるのを待てばいいと？」

「だが、彼は捕まりたくもない」

「矛盾している」

ディックスが微笑し、うなずいた。

「そして、強迫観念にとらわれている」ジェッシイが言った。

ディックスが再び微笑し、うなずいた。

「理由がわかれば」ジェッシイが言った。

「おそらく、あまり役に立たんだろう。多くの強迫観念の原因は、それにとらわれている本人が気づいていないほど遠い昔の出来事に結びついているんでね」

ジェッシイがうなずいた。

「まあ、俺が知ってる男はみんな、機会さえあれば裸の女を見るがね」

ディックスがうなずいた。

「あんたはどうだ？」

ディックスが微笑した。

「私は机の後ろ、君は前に座っている」

「ということは、俺はあんたからは何も知ることができないというのか？」

「君は、もういくつか知っているよ」

「かつては警察官で、酔っぱらいだったことは」

「それから、私がシカゴ大学で博士号、ハーバードで医学博士号を取ったことも」

「そんなこと、どうして俺が知ってるって言うんだ？」

「君は経験豊かな刑事だ」

ディックスは、壁にかかっている学位証を指差した。

「わかったよ」ジェッシイが言った。「ただ、俺が言いたいことはわかるだろう。たいていの男は、女の裸に興味を持っている」

「たいていのストレートの男だ」

ジェッシイがうなずいた。

「しかし、ほとんどの男はこの男がするようなことはしない」

「自分の欲求に突き動かされないからだ」

「じゃあ、何がこの男の欲求なんだ？」

「ヒントがあるかもしれない。手紙の中で、見る必要があると言っている」

「〝私は見る必要がある〟」ジェッシイが手紙の一部を引用した。「〝女の秘密を知る必要がある〟」

「見落としてないな」

「秘密とは何だろう？」

「何もないよりはいい」

「推測でもいい、何かわからんかね？」ジェッシイが聞いた。

ディックスはためらい、しばらく口を開かなかった。

「かつて英国に有名な唯美主義者がいた」ディックスが言った。「彼は新婚初夜に花嫁の陰毛を見て衝撃を受け、結婚を成就できなかった」

「童貞だった？」

「あきらかに」

「昔の話だろう」

「はるか昔のことだ。我々の時代に、女に陰毛があることを知らずに結婚年齢に達することはまずない」

「しかし、発見したのが子どもだとしたら……」

「状況は十分に衝撃的……」

「恥ずべき秘密」

ディックスがうなずいた。

「すべての女の恥ずべき秘密」ジェッシイが言った。

「多かれ少なかれ」

「やつには繰り返しチェックする必要があるのかもしれない」

ディックスが肩をすくめた。

「かもしれないな」彼が言った。

「今度こそ違うかもしれないという望みをもって」

「あるいは、女の本質を再確認したいという思いで」

「だから、写真が証拠になる。秘密の証明」

「たぶん。ところで、被害者から話は聞いたのか？」

「もちろん」

「彼は女に触ったのか？」

「いや。女には決して近づかない」

「脅しは？」

「〝俺の言う通りにすれば、危害は加えない〟というせりふぐらいかな」

「言葉の暴力は？」

「ない。もちろん、こういった問題じゃないのかもしれない」

「そうだな」

「まるっきり違うことかもしれない」

「かもしれないな」

「じゃ、何が問題なんだ？」

「わからないな」

「じゃ、なぜこの話をしてるんだ？」

「君の診療時間だから」

ジェッシイはしばらく黙っていた。

それから言った。「俺のことを話し合うよりいいかもしれない」

ディックスがうなずいて腕時計を見た。

「あるいは、君がそう思っているのかもしれない。次は、その点を話し合おう」

31

スーツが署長室に入ってきて、ジェッシイの机の前に座った。

「今から、スインガーズの特派員スーツケース・シンプソンの最新情報を伝えます」

「まだ改宗してないのか？」

「努力していますが、以前話したように、独身男は不可なんです」

「シッシイ・ハザウェイを連れてったらどうだ」

「あの人とはもう終わりました。俺には年寄りすぎます」

「お前より年寄りは大勢いる。何かわかったのか？」

「キム・マグルーダーと話をしてきました。署長のいうキム・クラーク」

「それで？」

スーツが肩をすくめた。

「ちょっとかわいそうな気がして。つまりですね、彼女は人気者で、花形のクオーターバックと付き合っていた」

「チェイス・クラーク」

「そうです。そいつが彼女を妊娠させた。彼女は本物のカトリックだったから」——スーツが肩をすくめた——「結婚しなければならなかった」

「それでミッシーが生まれた」

「そう。それから男の子も。エリックです」

「どうして彼女がかわいそうなんだ？」

「ひとつは、チェイス・クラークと結婚しているから。ろくでもないやつです。二つ目。彼女はスインギングなんか好きじゃない。でも、結婚を維持するために、しかたなくやっている」

「彼女がそう言ってるのか？」

「はっきりそうとは。でも、まず間違いないです」

ジェッシイがうなずいた。

「今回はよくしゃべってくれたのか？」

「はい、結構。二人だけになったときに。デビー・ルポがそばにいなくて」

「今はデビー・バスコ」

「そうです。デビーがいなくなってしまうと、キミーはちょっと安心したみたいでした。俺たちは、高校時代のことや、俺が彼女の妹とデートしてたことや、タミーが今どこにいるかとか、何をしているかとか、そんなことをちょっと話しました。でも、彼女は、最初から、ワイフ・スワッピングのことを話したかったようです。誰かと話す必要があったみたいに」

ジェッシイがまたうなずいた。

「彼女はお前のことを子どもの頃から知っていたし、お前は彼女の妹とデートしていたからな」

「俺が脅威になれっこないみたいじゃないですか？　チビのルーサー・シンプソン」

「彼女は、お前のことをルーサーと呼んでいたのか？」

「そんなことはどうでもいいでしょう」

「ナイトホークの手掛かりは？」

「手掛かりになるかわかりませんけど、自分の配偶者がほかの人とやってるのを見たがる人がいるそうです」

「男か？」

「ええ」

「名前は？」

「名前は教えてくれませんでした。クラブの規則らしいです」

「ここに連れてくれれば、俺に話すと思うか？」

「ここじゃだめです」

「どこだ？」

「わかりません。聞いてみます。理由は何と言ったらいいですか？」

「理由は二つある。一つはナイトホーク。二つ目は彼女の娘だ」

「娘さんとは約束したと思ってました。ばらさないって」

「約束したし、ばらすつもりはない。だからこそ、彼女と話す必要がある。手探りで進まざるをえないんだ」

「そんなこと彼女に話せません」

「わかってる。彼女の好きなところで会おう」

「で、彼女には何と言うんです？」

「何か考えろ」

32

「これは私のおごりよ」マーシイ・キャンブルがジェッシイに言った。「私に仕事をくれたお礼」

二人は、〈グレイ・ガル〉の窓際の席に向かい合って座っていた。

「君のほうこそ、俺に手を貸してくれたと思っていた」

「そうじゃないわ。私、チャック・ダービーと互いに仲介しあうようにしてるの。だから、ほんのちょっと仕事をしただけで、彼の取り分の半分をもらったわ」

「そうか。俺も運がいい。おごってもらうよ」

「そう言ってくれると思ってたわ」

彼女は目鼻立ちのきりっとした美人で、ジェッシイより数歳年上、離婚していて、成人した子どもがいる。

「スパイクって変わった男みたいね」

「そう思うよ」ジェッシイが言った。「しかし、サニー・ランドルの親友だ」

「そのサニーを大好きなんでしょう」

「大好きだ」

ウエートレスがマーシイにウオッカ・ギムレット、ジェッシイにスコッチ・アンド・ソーダを持って来た。

「でも、ジェンほどではない」マーシイが言った。

「さあ」

「わからないの？」

「わからない」

「あらまあ」

ジェッシイが肩をすくめた。

「いろんなことを考え直そうとしているんだ」

「彼女、また行ってしまったの？」

「ニューヨークだ」

「ひとりで？」

「そんなはずないだろう」

マーシイがうなずいた。

「良いニュースと悪いニュースね」

「良いニュース？」

「あなたが考え直そうとしていることよ」

「君はジェンのファンだったことはないからな」

「私はいつだってあなたのファンだったのよ」

「それに、君はジェンについて言うべきことは、もうすでに言ってある」

「そうね」

「同じ畑をもう一度耕す必要はない」

「そう、ないわ」

二人は、それぞれ少し飲んだ。

「俺たち、結婚したいと思わなくて残念だな。こんなにうまくいってるのに」

「たぶん、結婚したいと思ったら、こんなにうまくいかないんでしょうね」

「その可能性はあるな」

ジェッシイはまた少しスコッチを飲んだ。

「君は、大勢の男と寝た」

「何ですって？」

「まあまあ。二人とも大勢と寝て、それを楽しんできた。そして二人ともそれを恥ずかしいと思っていない」

「まあ、そうね」

「君の知ってる男の中に、君の裸を見たがらない男はいたか？」

「見たがらない？」

「そうだ、見たがらない男だ」

「私の身体にひどいところがあるとでも言いたいの？」

「いや。真面目な話だ。正常だけど、女の裸を見たいとは思わない男を知らないか？」

「知らない」

「君は服を脱いだ男を見たいと思う？」

「いったい何の調査なの？」

「我慢してくれ。男の裸に興味はある？」

「男がいい身体をしていて、愛し合っている最中なら、見たいと思うかもしれないわね」

「俺が裸の男の写真を一束持っていたとしたら、見たいか？」

「いいえ」

「男のストリッパーは？　興味を持つ女は大勢いるらしいが」

「私は興味ないわ。あれは、自分たちがどんなに奔放で狂っているか証明したいからじゃないの」

「女性のためのポルノは？」

「ストレートの女性のためのは知らない」

「女性用の売春宿は？」

「女性が男娼とセックスをするために行くところ？」

「そう」

「うっ」

「知らないという意味だな」

ジェッシイはスコッチを飲み終わり、ウエートレスがいないか見回した。

「この話は家に押し入って女の写真を撮った男のことね」

「たぶん」

「どういう男か理解しようとしているのね」

「たぶん」

「ジェッシイ、たぶん、普通の男の衝動とこの男の衝動は違うんじゃないかしら」

ジェッシイがうなずいた。

「彼が強制的に裸の女の写真を撮ったのは、男だからじゃない。狂ってるからよ」

ウエートレスがお代わりを持ってきた。

「なら、俺は男のやましさと闘う必要はないんだ」

「あなたには闘わなければならないことが山ほどあるわ。男女間の根本的な違いについて心配しなくても」

ジェッシイがグラスを上げた。

「違いよ、万歳」

マーシイが微笑んだ。

「同感」彼女が言った。

二人はしばらく黙ってメニューを見ていた。

「気にかかるのは」ジェッシイが言った。「普通の男、という意味が何であろうと、そういう男でさえ、決して満足しないことなんだ」

「つまり、何人裸の女を見たとしても、まだ別の女の裸が見たいということ?」

「あるいは、同じ女でもまた見たい」

「だから、彼は写真を撮るんだわ、たぶん」

「たぶんな。それから、今後もやり続けるかもしれないという意味でもある」

「それを心配しているのね」

「そうなんだ」

「おかしいわよね。妻や恋人の写真を撮りたがる男が大勢いるのは」

「妻や恋人の裸ならしょっちゅう見てきたのに」

「これからも見るし」

「これは、裸が問題ではないのかもしれない」

「たとえそうだとしても、事件解決にどう役立つの？」

「わからない。ただ、この男について理解が深まれば深まるほど、捕まえるチャンスが増えると思うんだ」

「それよりもこの事件の本質がはっきりわかれば、もっと役に立つかもしれないわ」

「遅かれ早かれ、いつかはな」

「ほんとにそれを信じているの？」

「警官であり続けるには信じなければ。そんな簡単でないことはわかっているんだ。しかし、それでも、捜査をあきらめず、いろんな角度から考え続ければ、いつかは何かを見つけることができると信じなければならないんだ」

「あなたのような警察官になるにはね」

ジェッシイが肩をすくめた。

「君の写真を撮った男はいるのかい？」

「もちろん」

ジェッシイが微笑んだ。

「今持ってる？」

「いいえ。でも、今夜シャッターチャンスがあるかもしれないわ」

「それを期待していたんだ」

33

スーツがキンバリー・クラークを署長室に連れてきた。

「こちらはキム・クラークさん。ジェッシイ・ストーン署長です」

彼らは挨拶をし、キム・クラークはジェッシイの机の前の椅子に座った。スーツがジェッシイを見た。

「お前は席を外せ」ジェッシイが言った。「モリイに同席するように頼んでくれ」

スーツはうなずいて出ていった。キム・クラークは彼の姿を目で追っていた。モリイが入ってきた。

「モリイ・クレインです」ジェッシイが言った。「こちらはキム・クラークさん」

二人は挨拶をした。キムは小柄な女で、スタイルが良く、黒髪がふさふさしすぎなほどある。四十歳ぐらいか。ジェッシイは彼女にその娘の面影を見た。

「先日娘の中学にいらしたそうですね」キム・クラークが言った。「ミセス・インガソルの件で」

ジェッシイがうなずいた。

「私のオフィスでは、女性と二人きりで話すときは、いつもモリイに同席するように頼んでいます」ジェッシイが言った。「異存がなければですが」

「ここはファーストネーム主義の警察署なんですよ。私はジェッシイ。彼女はモリイ。あなたをキムとお呼びしてもよろしいですか」

「異存ありません」

「もちろんです。なぜ私がここに？」

「スーツが説明したと思いますが、我々は、あなたに関係ないある事件を捜査していて、あなたに助けていただけるかもしれないと思ったんです」

「私、トラブルに巻き込まれていませんよね？　ルーサーはそう言ってましたけど」

「いえいえ、トラブルなどありません。ただ我々に役立つ情報をいただければと思っているだけです」

「スインギングのことですか？」

「スインギングにしろ、何にしろ、あなたは面倒なことになっていません。しかし、我々はスインギングの情報を求めています」

「完全に合法的なものですわ」

「わかっています」

「本当のことを言うと、私、ずっと惹かれていたんです」モリイが言った。「夫も私も、まだ何もやっていませんが、もちろん話し合ったことはあります」

「非常に解放的です」キムが言った。

「想像できますよ」

「スインガーズの離婚率が低いことをご存知でしたか？」キムが言った。

「知りませんでした」とジェッシイ。

「それから、不貞も」

「もちろん、何もかもオープンなんですから」

キムがうなずいた。

「詮索するつもりはないんですけど」モリィが口を挟んだ。「あれ、本当なんですか?」

「本当って、何が?」キムが言った。

「人前でオープンに?」

「あなたが言いたいのは、あの……」

「セックス。つまり、お互いに見ることができるの?」

「そうしたいなら」

「まあ、面白そうね。あなたとご主人もお互いに見るんですか?」

「ときには」

彼女が赤面した。ジェッシイの顔を見なかった。

「すごい」ジェッシイが言った。「できるかな。ただ見ているだけでもいいんですか?」

「そういう人もいます」

「男、女?」

「ほとんどが男です」

「見るだけの人はいますか?」

「さあ」

「一人で参加する人は?」

「いません。独身の男は入れません」

「独身の女は?」

「規則に違反するとは思いませんけど、女性はあまりこういうことに熱中しませんから」

「本当ですか?」モリィが言った。「わくわくすると思ったわ」

キムの口がしばらくぴたっと閉じられていたが、やがて開いた。

「私の知ってる人は、誰もわくわくしていません」

モリィが微笑して、肩をすくめた。

「結局、すべて自由の問題なんですよね?」

キムがうなずいた。

「一番見ていることが多い人は誰ですか?」ジェッシイがきいた。

「名前は言えません」

「キム。我々はあなたの家に張り込んでました。三週間前、パーティらしきことをしていましたね。出入りした人たちの写真を撮ってあります。すべての車のナンバープレートの番号も控えている。登録番号もチェックした。だから、誰がクラブのメンバーかわかっています。ただ、一番見たがるメンバーの名前が知りたいだけです」

「あなた……あなたに、そんなことはできません。私たちは、権利の範囲内でやっているんですから」

「できるんです。現にやりました。もちろん、あなたがたは、権利を逸脱していない。しかし、私は、誰が見たがるのか知る必要があるんです。だから、わかるまで、あなたのクラブのメンバー一人一人に質問することもできます。でも、あなたに今教えていただければ、簡単にすみます」

「そんなの嘘だわ。ただそう言ってるだけでしょう」

ジェッシイはうなずいて、真ん中の引き出しを開けた。一枚の紙を取り出し、読み始めた。「ミスター・アンド・ミセス・マーティン・フェルツ、ラルフ・アルフォンゾ・アンド・マリア・デュプレ、ミスター・アンド・ミセス・クライド・クロスランド……」

「まあ」

「続けましょうか？」

「いいえ。もういいわ」

ジェッシイはうなずいて、紙を真ん中の引き出しに戻した。

「そもそも、どうしてわかったんですか？」キムがきいた。

ジェッシイは首を振った。

「どうでもいいことです」

「でも、警察が私の家を張って名前を知ったことは、いずれみんなにわかってしまうわ」

「そうですね」

「それから、警察は私の夫を訊問する」

「そうです」

「そうすれば、夫も知ることになる」

ジェッシイは待った。キムの目に涙があふれてきた。

「どうして私たちをほっておけないんです？　誰にも危害を加えていないのに」

「ただ、名前を知りたいだけです」

キムはモリイを見た。モリイが励ますように微笑んだ。キムがジェッシイのほうに振り返り、すばやく小さな部屋を見回した。

それから言った。「セスです」

「セス？」

「セス・ラルストン」

「彼はあなたがやるのを見たことがありますか？」

キムの顔がまた赤くなった。

「ええ」

「ほかの人は？」

「私たちはみんな、彼があんまりやろうとしないって話しています」

「私たち？」

「女性はみんなってことです」

「じゃ、彼が見ているあいだ、彼のパートナーはどうしているの？」モリイがきいた。

キムが肩をすくめた。

「ときどき、ハンナとハンナのパートナーと一緒に三人プレーをしてます」

「ハンナ？」ジェッシイがきいた。

「セスの奥さん。ハンナ・ウェクスラー」

ジェッシイがうなずいた。

「ありがとう、キム。大助かりです。お送りましょうか？」

「いえ、車で来ましたから」

ジェッシイは立って手を差し出した。キムがその手を握った。モリイも立った。

「もうここに来ることはないでしょうね？」キムが言った。

「ええ」ジェッシイが言った。「もちろん、ありません」

34

「本当にそのつもりなんですか？」モリイが言った。

「何のことだ？」

「彼女がもうここに来る必要はないってことですよ」

「いや」ジェッシイが言った。「そんなことはない。ただ、今日のところは十分に喋ってもらったと思っただけだ」

「そうですね。これ以上問いつめたら、取り乱しそうでした」

「まだ子どもの問題も残っている」

「そのへんはうまく回避できたわ」

「そうだな」

「もちろん、キムはそれほど頭がいいとは言えませんけど」

「彼女はスインギングが好きだと思うか？」

「いいえ」

「じゃあ、なぜやるのだ思う？」

「さあ。でも、ご主人のせいじゃないかしら」

「君のことを心配し始めていたんだ」

「私、説得力があったでしょう」

ジェッシイがニヤリとした。

「スインギングをやると決めたら、見てもいいかい？」

「うっ！」

「スインギングが〝うっ〟なのか、それとも、俺が見るのが〝うっ〟なのか？」

「両方よ。彼女はスインガーズのあいだには不貞が少ないと言ったでしょ。私、特にそこが気に入ったわ」

「〝不倫〟をどう定義するかによるさ」

「二人ともやるならオーケーね、というように？」

「あるいは、二人ともが相手に許可を与えていればオーケーとかね」

「そうね。このリンゴを食べなさいよ、アダム。二人でかじればこわくない」

「ずいぶんレトロだな」

「そうよ。それから先住アメリカ人の話はなしですよ」

「俺が《モワ》？」

「二人《ヴ》ともです。クロウとの一夜限りの関係は、不倫だった。必ずしも後悔してないけれど、夫と結婚に忠実でなかったのは確かね。そのことはよくわかっているし、わからないふりはしないわ」

「君はご主人を愛しているんだ」

「ええ、愛しています。浮気をしているあいだも愛していました」

「それで君は納得しているのか？」

「ええ」

「彼が許可を与えていたとしたら？」

「許可なんてナンセンス。やっぱり不貞は不貞でしょう。〝あなたも私も自由〟なんて戯言をいくら並べ立てても、不貞であることには変わりないもの」

「つまり、非常に心をそそられるとか何とか言ってたが、そのふりをしていただけなんだ」

「ええ」

「うまいな」

「みんなそう言ってくれるわ」

ジェッシイがまたもやニヤリとした。

「ということは、見るチャンスが得られないということか？」

「リストに載せてあげるわ。ところで、ミスター・ラルストンを調べるつもりですか？」

「そのつもりだ。たぶん、ミズ・ウェクスラーも」

「クラークさんの子どもたちは？」

「一度に一歩ずつだ。まず、ナイトホークを見つけ、それから子どもを救う」

「そのあとは？」

「たぶん、スーパーマンみたいに高いビルもひとっ飛び」

35

「どうしてもできませんでした」グローリア・フィッシャーが言った。「そのつもりもありませんでした」

ジェッシイは彼女の家のリビングで、彼女の真向かいに座っていた。モリイはソファで彼女の隣に座っている。

「話してください」ジェッシイが言った。「初めから」

グローリアがうなずいた。ほかの女たちと同じように、黒髪で、ほっそりした、四十代初めの女だ。

「夫は仕事に行きました。娘を学校に送り出し、シャワーを浴び、着替えて、寝室から出てきたら、あの男がいたんです」

「ドアの鍵はかけておかなかったんですか？」

「かけてなかったと思います。ばかみたい。こういう事件が起きていることは知っていました。でも忘れて……」彼女が両手を広げた。「戸締まりをすぐ忘れてしまうんです。とにかく、私は言いました。『何の用？』すると、あいつは銃を突きつけて『俺の言う通りにすれば、危害を加えない』と言ったんです。私、怒って……言ったわ。『そんなのまっぴらよ』すると、あいつったら『服を脱げ』

ですって。だから、『まっぴら』と言ってやった。おかしいわね。私、怖くなかった。ただ猛烈に腹を立てていました。ろくでもない男が私の家に入り込んで……今になると、怖いです」

モリイがうなずいた。

「今は安全だから怖いのよ」

「そうかもしれません」

「で、そいつはどんなことをしたんですか？」ジェッシイがきいた。

「あいつは『服を脱げ、言うことをきかないと撃つぞ』と言いました。だから、『私の家から出ていけ』って言ってやったんです、すると彼の目が本当に大きくなって、私のほうに一歩踏み出したけど、そこで止まりました。それから、私を睨みつけると、くるっと向きを変えて逃げていきました」

「車でしたか？」

「いいえ」

「どっちの方向へ行きましたか？」

「見ませんでした。急いで電話のところに行き、九一一をかけましたから。フリードマン巡査がすぐ来てくれました」

ジェッシイが、キッチンのドアのところに立っているスティーヴ・フリードマンを見た。

「二ブロックほど離れたところにいたんですが、犯人は見ませんでした」スティーヴが言った。

「人相は？」

「背格好は夫ぐらいかしら。五フィート十一インチ、百八十ポンド。黒いジャケットにズボン。黒いスキーマスク。医者が使うようなラテックスの手袋をしていました」

「銃は？」

「銃のことは何もわかりません。小さかったみたい。シルバーっぽい色」

ジェッシイがうなずいた。

「カメラは持っているようでしたか？」

「ええ。反対の手にデジタルカメラを持っていたような気がします」

「銃はどっちの手に？」

グローリアはしばらく目を閉じ、自分の手で持つまねをした。目を開けた。

「右手。右手に銃を持っていました」

ジェッシイがうなずいた。

「ということは右利きですね」グローリアが言った。

「おそらく」

「利き手じゃないほうで持つことはないでしょう」

「多分持たないでしょうな」ジェッシイが言った。

「そいつがあなたの知っている男だとしたら、わかったでしょうか？」

「わからなかったと思います。声に聞き覚えがありませんでした」

「作り声をするというようなことは？」

「ささやくとか、そんなことですか？」

「ええ」

「していません。ということは、私が知っている男ではないということですね」

ジェッシイが彼女に向かってニヤッとした。

「参りましたな、ミセス・フィッシャー。私にも少しは警察官らしい仕事をさせてくださいよ」

「でも、お互いに知らないなら、声を変える理由はありません。筋が通るでしょう?」

「もっともです。ほかに何か?」

「別に。あいつがここにいたのは、たぶん、二、三分のことですから」

「あなたは勇敢だ」

「勇敢に振る舞えるとは、自分でも知りませんでした。でも……」

彼女がモリイを見て、きいた。

「お子さんはいらっしゃる?」

「ええ」

「お嬢さん?」

「娘が一人、息子が三人です」

「私には娘が一人だけ。あいつを見たとき、ずっと娘のことを考えていました。見たとたんに誰だかわかったんです。ほかの女性たちの話を聞いていましたから。それで、私は……娘のことをずっと考えていて……そして、私のリビングで、見ず知らずの人の前で、あの子の母親がむりやり裸にさせられるということに耐えられなかった……そんなことできませんでした。するつもりもありませんでした」

彼女が再びモリイを見て言った。

「あなたならできます?」

「その場になってみなければわかりません」

グローリアがうなずいた。

「ご主人がお帰りになるまで、フリードマン巡査にいてもらいましょう」ジェッシイが言った。

「ありがとう」

署に戻る車の中でジェッシイが言った。「強い女性だ」

「そうですね」モリイが言った。「私もあの人のようにできるかしら」

「彼女にきかれたときの君の答えは正しかった。その身にならなければ、わかりようがないから」

「彼女のように行動できればいいんですけど」

「できても、できなくても、君はいい女だし、いい警察官だ」

「ありがとう」

「それが君だよ。特殊な状況の中で何をしようが、それによって君自体が変わることはないんだ」

「ある先住アメリカ人とああいうことをしたとしても？」

「したとしてもだ」

36

気持ちのいい夜だったので、ジェッシイはその晩最初の一杯を持ってバルコニーに出ていき、座ってナイトホークからきた新しい手紙を読み直した。

ストーン署長殿

今頃は、私が最近蒙った恥辱をご存知だと思う。あの女は反抗し、私は逃げ出さなければならなかった。逃げ出すとは！　なぜ無理にも私の言う通りにさせなかったのか、わからない。させたかったのだ。しかし、どういうわけか、あの女のせいで凍りついてしまったらしい。彼女に近づけなかった。最悪のやり方で彼女を捕まえ、服をはぎとりたかった。しかし、そうしなかった。私にも理解できない理由で逃げた。そして、今、自分の家で恐怖と怒りを感じている。やろうとしていたことが私を恐怖に陥れ、できなかったことが私を怒らせる。そして、私が本当に恐れるのはこの怒りだ。これまでこのような怒りを感じたことはなかった。このように反抗され、その過程で恥辱を受けること。それが私を追いつめる。私は、追いつめられているのを感じる。あなたが私を止めなければ、追いつめられた末に何をするかわからない。もともと害のない冒険として始まったことが、偏執的な何かに変わろうとしている。何かとは――言ってもいいかね？　そう！――邪悪なものだ。だから、警戒を怠らないように！！！

ナイトホーク

ジェッシイは、手紙をさらに二度読み返した。助けを求める叫びというより強がりのように思えた。何を拒否されたというのだ？　写真を撮るチャンスか？　恥をかいたのは、女に威圧され逃げ出したからだ。俺と彼自身に、本当は危険な男だからやめさせなければならないと説得しようとしているのだ。ジェッシイのグラスは空になっていた。立って、リビングに行き、もう一杯作った。それを持ってバルコニーに戻ると、座って手すりに足を載せ、暗い港を眺めた。ナイトホークが逃げ出したことに少し安堵した。それほど危険な男ではないのかもしれない。自分が危険な人物ではないことを本当は知っているから、危険だと抗議したのかもしれない。だが、なぜ俺に？　俺の承認など必要ないじゃないか。必要なのは町の承認だろう。ジェッシイは静かに飲み物をすすった。だが、やつにすれば、署長は町の顔だ。その夜は空気が澄んでいたが、細い三日月は、わずかな光を投げかけるばかりだった。ジェッシイはもう一口飲んだ。いや、承認ではなさそうだ。恐怖？　敬意？　恐怖にかられた敬意？　ジェッシイはまたひとすすりした。それから、一人でうなずいた。やつは哀れな変人だと思われたくないのだ。自分が嫌らしいのぞき魔だとわかっていても、そうではなく、ナイトホークだと思ってもらいたいのだ。ジェッシイは二杯目を飲み終わり、カウンターに戻った。三杯目をかき回しながら、オジーのポスターを見た。

「昔はもっと単純だったな、オズ。あの頃は、ライトから速くいい球が返せるかどうかだけを考えていればよかった。ストレートを待ちながら、カーブに対応できるかどうかだった」

すべてがそんな感じで、生死にかかわる問題はなかった。野球こそが大勢にかかわらない最重要事だった。勝っても負けても、また翌日、あるいはまた翌年プレーした。大砲のような腕を持っていた十九歳の頃、それはどこまでも続くはずだった。

「いい肩をしていたんだ、オズ。本当を言えば、あんたより豪腕だった。センスはあんたが上だが。たぶん、バットも。俺はバック転もできなかった。でも、銃があった」

彼は飲み物を手にバルコニーに戻った。十六オンスのグラスにアイスとソーダがたっぷり。暖かな夜でグラスにいくつもの水滴ができ、小さな小川のように流れ落ちた。

さて、考えなければならないぞ。やつは女を傷つけてまでも尊敬されたいのか。ジェッシイが一口飲んだ。

「その可能性があると考える必要があるのだろうな、おそらく」彼は空っぽの静けさの中で声に出して言った。「いや、必ず考えなければならないんだ」

もう少し飲んだ。

37

スーツケース・シンプソンが大きな紙袋を持ってジェッシイのオフィスに入ってきた。

「セス・ラルストンのことですが」スーツが言った。

袋から大きなイタリアン・サンドイッチを出し、ジェッシイの机の上で包みを開けた。

「俺の前にあるのはサブマリーン・サンドイッチか?」ジェッシイがきいた。

「AJのサブ・ショップ。最高です」

「通りのすぐそこにデイジー・ダイクの店があるじゃないか。手づくりのパンだぞ。それなのに、AJで大量生産のサブマリーン・サンドイッチを買うのか?」

「まあね。署長にも買ってきましたよ、よかったら」

「もちろんだ」

スーツが二個目のサンドイッチを渡すと、ジェッシイは自分の机の上で包みを開けた。

「セス・ラルストンだって?」ジェッシイが言った。

「それとハンナ・ウェクスラー。二人とも署長へのおみやげです」

「その上サブマリーン・サンドイッチも手に入れてきたのか。何がわかった?」

「その前にコークを飲まなきゃ。署長もほしいですか?」

「水でいい」

スーツは署長室を出ると、詰所の冷蔵庫からコークと水を持ってすぐ戻ってきた。

「セス・ラルストンは、浜に近いビーチ・プラム・アベニューにある新しいコンドミニアムに住んでいます」

「そこなら知ってる」ジェッシイが言った。

二人とも言葉を切ってサンドイッチにぱくついた。

「妻のハンナ・ウェクスラーと一緒に。彼女は旧姓を使っています」

「そういうことだな」

「あそこに住んで五年。結婚は七年。子どもなし。教授。ウォルフォードのタフト大学。妻は大学院で彼の教え子だった。まだ大学院に籍を置いていて、タフトで夜間コースも教えている」

「七年もたっているのに?」

「大学院は十年になります」

「のんびりしてるな。彼は何の教授だ?」

スーツは彼のノートをちらっと見た。

「イギリスおよびアメリカ文学」

「それを彼女は大学院で研究しているのか?」

「ええ。修士号はすでに取っています。今は博士号を取るために研究中」

「英文学教授っていうのは、〝グリ・ドゥ・クール〟というような言葉を使いたがるやつだ」

「えっ?」

「俺にきた手紙で使っている」

「どういう意味なんです？」

「心の叫びと言ったところかな」

「ラテン語ですか？」

「フランス語だ」

「すごい、署長になれたのも道理だ」

「辞書を引いたんだよ。かみさんのほうは何を教えている？」

「新入生のための英語。水曜の夜に」

「彼は？」

「夜は教えていません。それどころか、教えることはあまりしてないようです」

「地位は？」

「地位？」

「学術上の地位だ。教授か？」

「そうです」

「どんな種類の？」

「種類？」

「正教授か？」

「だと思います」

「だからあまり教えないんだ」

スーツはサンドイッチを食べ終わり、口と手をナプキンで拭った。

「俺、考えたんです。ここに見たがる男がいて、妻は水曜の夜になるといつも外出する。そこで、のぞき魔の報告書をすべて読み返したんです……そうしたら、すべては水曜の夜に起きていました」

「真っ昼間にやり始めるまでは」

「彼女は、昼間何しているんだろう」

「調べたほうがいいだろう」ジェッシイが言った。「特に、写真を撮った日だ」

「すごいアイディア。署長になった理由がまた一つわかりました」

「俺が署長になったのは、何年か前、この町の町長だったヘイスティ・ハザウェイが役立たずで飲んだくれの俺を雇えば、町を自由に操れると考えたからだ」

「それで、今ハザウェイはどこにいるんでしたっけ？」

ジェッシイが微笑した。

「いいとこを突いたな」

38

三人だけでドアを閉めた詰所に座っていた。

「スティーヴに、受付をやるように頼んでおいた」ジェッシイが言った。「俺とほかの男連中で署を切り盛りする。君たちがナイトホーク特別捜査班だ」

「俺とモリイが？」スーツが言った。「あまりでかい捜査班じゃないな」

「俺も加わる。しかし、十二名しかいない署で、どれほどでかい捜査班を作れると思うんだ？」

「それに」モリイが言った。「私たちは、普通の捜査班の数倍の力があるわよ」

「そうだな」スーツが言った。

「ハンナ・ウェクスラーが昼間何をしているかわかったか？」ジェッシイがきいた。

「決まった行動はありません」スーツが言った。「ナイトホークが侵入して写真を撮る日も、全部ウイークデーだということを別にすれば決まっていません」

「ウイークデーなのは」モリイが言った。「被害者の夫と子どもに出かけてもらわなければならないからね」

「でも、俺が調べたところでは、ハンナに昼間決まってやらなければならないことはありませんよ」

とスーツ。

「まだ、夜はのぞきをやってるのかな？」ジェッシイが言った。

「俺たち、やつは家宅侵入に乗り換えたと想定してたんでしょう」

「でも、必ずしもどちらかに決めることはないわ」モリイが言った。「やろうと思えば両方できるし」

「のぞきの通報は？」

「ありません。でも、みんな、いつも気がつくとはかぎらないですから」

「気づいたとしても、いつも通報してくるとはかぎらない」とスーツ。

「今なら通報するだろう」ジェッシイが言った。「家宅侵入の話でもちきりだからな」

「それでも」モリーが言った。「いつも気づくとはかぎりませんよ。つまり、そこがのぞきの妙味の一つなんでしょう？　のぞかれている人にわからないということが」

ジェッシイはうなずくと、モリイに言った。

「ファイルは持ってるね」

彼女が目の前の机に置いてある大きな茶色の封筒を軽く叩いた。

「よし。君が預かってくれ。必要なときはスーツに見せてもいい。だが、ほかの者はだめだ」

「写真を心配しているんですか？」

「そうだ。写真の回覧はいけない。この女たちは、もう十分辛い目にあったんだ。これ以上男たちに裸を見られる必要はない」

スーツがうなずいた。

「俺が写真を回覧すると思いますか？」

「いや。俺のように写真をじっくり見るだろう。しかし、お前はいい警官だし、いいやつだ。だいじょうぶだよ」

「それに、モリイは写真に興味がない。ストレートの女だから」

ジェッシイがうなずいた。

「わかりました」スーツが言った。

ジェッシイが微笑して言った。

「ありがとう。まだ、我々には、この男が犯人だという証拠はない」

「でも、そう思っているんでしょう」モリイが言った。

「そうだ」

「水曜の夜の件は偶然かもしれないわ」

「その可能性はある。しかし、そうだと決めてしまったら、あとはどうなる？」

モリイとスーツがうなずいた。

「俺たち、何をしたらいいですか？」スーツがきいた。

ジェッシイは聞こえるほど深く息を吸った。それからしばらく黙っていた。

やがて言った。「やつはプレッシャーを感じていると思う。グローリア・フィッシャーに追い出されたあとの最後の手紙は、ちょっとヒステリックな気がする」

「何に対してプレッシャーを感じているのかしら？　追いつめられていると考える理由はないし」

「自分の狂気からくるプレッシャーだろう。やつは、自分の行動が強迫観念に操られていることを知っていて、どこまで行ってしまうのか恐れているんだと思う」

「しかも、自分で自分を抑えられないのね」

「やつの恐怖はそこにあると思う」

「じゃあ、彼がやってることは、そうする必要があって、そこから快楽を得ているらしいけど、同時に苦痛であって、彼に破滅をもたらすかもしれないのね」

「手紙を読んだんだな。俺はそう思っているが」

「驚いたな」スーツが言った。「やつも被害者みたいだ」

「自分自身の」モリイが言った。

「俺には奥が深すぎるのかもしれない」スーツが言った。

モリイが彼を見てニヤッとした。

「こういうことに慣れなきゃね」

スーツもニヤッとした。

「ほかの捜査班に行ってもいいですか？」

「だめだ」ジェッシイが言った。「彼女とは離れられない」

スーツがうなずくと、きいた。

「それなら、計画は？」

「お前たち二人は、この事件にフルタイムで当たることにする。お前たちにも生活があることはわかってる。特に、モルは。しかし、できるかぎりセスに張りついてほしい。やつが気づいたとしても、別に困ることはない。少しプレッシャーが増すだけだ」

二人がうなずいた。

「それから」ジェッシイが言った。「俺は聞き込みを始めよう。奥さんや、スインガーの友人たち、大学の同僚などに会う」

「そうすれば、やつのあれを少しは締めつけることになる」スーツが言った。

「ステキじゃない」モリイが言った。「私の捜査班のパートナーが、〝やつのあれを少しは締めつけることになる〟ですって」

「皐丸のことだぜ」とスーツ。

「そんなこと知ってるわ」モリイが言った。

「だから？」スーツが言った。「何が言いたいの？」

「まったくもう」モリイが言った。

39

「家宅侵入犯の手掛かりをつかんだ、と思う」ディックスの診療室に座って、ジェッシイが言った。

「それは当然君がやらなければならないことだろう」ディックスが言った。

「家宅侵入犯の手掛かりをつかむことが？」

「そうだ。君は警察官だ。それが仕事だろう」

「だから？」

「だから、それは私の仕事ではない」

「ということは、何を意味する？」

「ということは、この数週間、君は、今取り組んでいる事件のことばかり話していたということだ」

「助けてもらったからね」

「私が取り組んでいることについては何も話してくれなかった」

「俺のことだな」

「そう」

「熟練捜査官の俺の見るところ、あなたは俺のことを話したがっている」

「それも君がやってきたことだ。冗談にしてしまう」

「何を?」

「私に話したくないことは何でも」

「だから、冗談がそのヒントになると?」

「そう。距離を置くテクニックだ」

ジェッシイは黙って、オフィスを見回した。

「ジェンが、ニューヨークに行ってしまった」

ディックスが椅子に深々と座り直し、両手を口の前で組んで、ジェッシイをまっすぐに見ながら待った。

「彼女は同時配信の朝番組の仕事をもらい、住む場所を見つけるまでプロデューサーのところで寝泊まりしている」

「そのプロデューサーは男か?」

「ああ。仕事をもらう前から彼と寝ていたかもしれないと言ったら、いやみに聞こえるかな」

「あるいは、経験から学んだだけのことかもしれない」

「彼女の手口なんだ」

ディックスがうなずき、ジェッシイが首を振った。

「俺にはわからない」

ディックスは待った。

「彼女を愛しているんだ」

ディックスはうなずいた。

「それから、彼女も俺を愛している……少なくとも、俺をつなぎとめようとしている」

ディックスがまたうなずいた。彼は、ときどき、患者に今までのやり方で問題を掘り下げるようにと態度で促す。また、間違った方向に行っていると思えば、それをわからせるような態度もとる。今回、ジェッシイはこの話題を追究すべきなのだ。

「彼女が、愛情以外の理由で、俺に執着できるだろうか？」

ディックスがかすかに眉毛を上げた。

「ほかに考えられるか？」ジェッシイが言った。

二人とも黙った。それから、ディックスが助け舟を出そうとしているのがわかった。

「彼女の人生を考えてみると」ディックスが言った。「彼女は才能がある。しかし、君が言ったように、彼女の手口は、キャリア・アップに役立つ男と寝ることだ」

ジェッシイがうなずいた。

「だから、彼女には、自分の人生は他人を操って成り立っているように思えたかもしれない」ディックスが言った。

ジェッシイがうなずいた。

「だが、操ることができないとき、どこに安定を求めたらいいのか？　何に頼ればいいのか？」

ジェッシイはしばらく黙っていた。

それから言った。「俺だ」

ディックスがしっかりとうなずいた。

「彼女は安定を得られる。たしかに、結婚しているときは安定を得ていた」ジェッシイが言った。

ディックスがうなずいた。

「待てよ、彼女は俺と一緒にいれば、今もそれを手に入れられるんだ」

「しかし、そうしない道を選んだ」

「あるいは、そうせざるを得なかった」

ディックスがうなずいた。

「俺には何かが足りない」ジェッシイが言った。

「そのようだな」

「俺たちは言ってたんだ。俺は彼女を愛している。彼女は俺を頼りにできる。だから、自由に男と寝て成功への道を駆け上がればいいって」

ディックスがかすかに微笑んで、またうなずいた。

「それは君たち二人にどういう影響を与えているのかね？」

ジェッシイは身体を後ろにそらせ、脚を前に伸ばした。

「ナイトホークが俺に手紙を書いた。読むと、二人の人間のことが書かれているように思える。彼と彼の強迫観念。まるで強迫観念が自分を満足させるために彼にいろいろやらせているようなのだ。だから、彼はやる。だが、やっても強迫観念を満足させられない……そして、彼の人生はメチャクチャになる」

「私は比喩を聞いているのかな？」

「強迫観念の要求通りにすると、強迫観念がさらに強くなる」

「ときには」

「決して満足することがない」

「決して」

「水を飲むことが渇きをもたらす」

「そうだ」

ジェッシイは後ろに身体を反らせながら、頭の後ろに手を置いた。

「何とも偉大なる計らいだ」

ディックスが微笑した。

「神は間違いなく皮肉屋だ」

「さあ、俺はどうしたらいい？」

「ナイトホークを捕まえられるように優秀になることだな」

40

ジェッシイは、タフト大学の研究室でハンナ・ウェクスラーと面談した。彼女はその部屋をほかの五人の教育助手と一緒に使っていた。助手たちはみんなだらしがない服装をしていたが、ハンナは違った。くるぶし丈のワンピースにサンダルというきちんとした身なりをしている。しかし、わざとらしいところがあった。髪はあまりにも手入れが行き届き、化粧も良すぎた。マニキュアもペディキュアもしていて、歯は真っ白だ。

「セスに何か？」ジェッシイが自己紹介をすると、彼女が言った。

「いいえ、問題ありません。捜査中の別件で来ました。力になってもらえるかもしれないと思いましてね」

オフィスにはほかに三人の教育助手がいた。三人とも無意識に憎しみの目でジェッシイを見た。彼らは、頭では、労働者の断固たる味方だ。ところが現実となると、当然ながら、配管工を見れば不愉快になるし、警察官といえば疑いの目で見るのだ。

「コーヒーはいかがですか？」ジェッシイが言った。

「いいですね。学生会館にカフェがありますわ」

学生会館までちょっと歩き、コーヒーを渡されるまでちょっと待ち、ちょっと探して二人のテーブルを見つけた。

「捜査している事件て何ですの、ストーン署長？　写真を撮る気味悪い男のことですか？」

「ジェッシイと呼んでください」

「では、私はハンナ。そいつのことですか？」

「実はそうなんです」

「写真を見たんですか？」

「ええ」

「すごい。どんな感じがするのかしら」

「むりやり裸でポーズをとらされることが？」

「そう。それと、大勢の警察官や知らない人が自分の裸を見ていると知ったら」

「そんなに大勢の警察官じゃありませんよ」

「彼女たちを守ろうとしているのね」

「あの女性たちにこれ以上恥ずかしい思いをさせることはないでしょう」

「あの人たち、恥ずかしい思いをしたのかしら？」

「あなたならそうじゃないんですか？」

「恥ずかしく思うことですか？　いいえ。それよりちょっと興奮すると思うわ」

「本当ですか」

「わかってます。そんなふうに考えるべきではないことぐらい。でも、私はそうなんです。よろしいかしら？」

「見られたいと思う女は大勢います。ただそれを認めないだけなんです」

「私は、結構ですよ」

「あの女性たちの中にも、そういう人がいたかもしれないと？」

「自分の身体を恥ずかしいと思わなければ、素直に自分の性に触れることができるものですわ」

「そうですか」

「そう思いませんか？」

「私は聞いているだけです」

「鎧戸を開けて受け入れる。考えずに、ただ記録する」

「そんなところですな」

「その言葉がどこからきたかご存知？」

「鎧戸を開けて云々ですか？　知りません」

「ジョン・ヴァン・ドルーテンの『私はカメラ』」

「ほう」

「すいません。院生をあまりにも長くやってるもので」

「かまいませんよ」

「ところで、ジェッシイ。教えてください。あなたは自分の性に触れます？」

「昔、ティーンエージャーのころに。でも、ニキビができるんじゃないかと心配しました」

　ハンナが微笑んだ。

「そういうことを言いたかったんじゃないわ」

「あなたは自分の性に触れていらっしゃる」

「もちろんです」

「パラダイス・フリー・スインガーズのメンバーですね」

ハンナは、しばらく黙って彼を見ていた。

「なるほど、思っていたより巧妙ですわね」

ジェッシイがうなずいた。

「あなたはスイングをなさる、と思ってますが」

「ええ。夫も私も」

「そのことを話してください」

「なぜ？　あなたの欲望に火をつけるため？」

「興味があるんですよ」

「仕事の上で？」

「いくぶんは」

「〝いくぶんは〟って、どういうことです？」

「つまり、家宅侵入犯とフリー・スインガーズのあいだに関係があるかもしれないと考えたんです」

「それなら、なぜ完全に仕事とおっしゃらないんですか？」

「個人的でもあるんです」

「どういうことかしら？」

「今はお話しできません」

「それから、なぜ私に聞いているんですか？」

「実は、全員の背景をチェックしたところ、あなたは博士号を取るべく研究をしていらっしゃることがわかりました。あなたなら頭がいいと思ったわけです」

ハンナが笑った。

「博士号のことはあまりご存じないのね。でも、そういうことならば、夫とお話しなさったら？　もう博士号を持っていますから」

「そうしましょう。こちらの勝手な判断で最初にあなたを選んだだけですから。小さな署なもんで」

「あるいは、私が女だから、いじめられると思った」

「そんなにがんばっていじめましたか？」

「きっと何の手掛かりもないときに、スインガーズのことを聞いたので、私たちをスケープゴートにしようと思ったのでしょう」

「あなたのクラブについて説明してください」

「いやです。あれは自由で愛情溢れる体験ですから。あなたがほかにすることがないからという理由で別のものに変えようとしても、そうはさせません」

ジェッシイがうなずいた。

「ほかに話を聞くべき人はいますかね？」

「絶対にいません」

「わかりました。よかったらご主人にお伝えください。調べさせてもらいますと」

ハンナは立ち上がると、しばらくジェッシイをさげすむように見つめた。それから、身を翻すと歩き去った。ジェッシイは黙ってコーヒーを飲み終わると、席を立った。

41

「ハンナ・ウェクスラーについて何かわかりました？」モリイが聞いた。

「どういう女かわかった」ジェッシイが言った。

「フリー・スインガーズのことは話してくれました？」

「自由で愛情溢れる体験だと言ったな」

「そんなこと誰でも知ってます。ほかに何か？」

「男たちが彼女の裸の写真を見たら興奮するそうだ」

「わかった。いい身体をしてるんだわ」

「だろうな」

「わからないんですか？　経験豊かな捜査官なのに」

「衣装バッグみたいな服を着ていたんだ」

「でも、髪は整って、お化粧をしていたでしょう」

「どうしてわかる？」

「私も経験豊かな捜査官ですから」

「それに、パラダイス・フリー・スインガーズ・クラブには、自分の容貌のことを考えない女はいない」

「それもそうですね」

詰所にいるのは二人だけだった。会議用テーブルには、コーヒーの紙カップが数個ころがっていた。それから、ファーストフード店のチーズバーガーの包みと、包みの下に隠れていたフレンチフライが二、三本。話をしながら、ジェッシイはテーブルの上を片付け、全部隅のくずかごに捨てた。モリイは洗面所から濡らしたペーパータオルを持ってきてテーブルを拭いた。それから、二人はそれぞれ新しいコーヒーを持ってきて座った。

「散らかってるのは嫌なんだよ」ジェッシイが言った。

モリイがうなずいた。

「ナイトホークの逮捕につながるようなことは何かわかりました?」

「いや。しかし、期待もしていなかった。彼女は、俺が会いに行ったことを夫に言うだろう。もし彼が犯人なら、少しばかりプレッシャーを感じるかもしれない」

モリイがニヤッとした。

「つまり、やつのあれを締めつけるんですね」

「すごいな、モル、専門用語をどんどん覚えているじゃないか」

「なかなかのもんでしょ」

「これからも警察官であり続ければ、男になるかもしれないな」

モリイは非常に大きな黒目をしている。ジェッシイを真っすぐ見ると、まつげをパタパタさせた。

「そう思います?」

ジェッシイが微笑した。

「いや、モリイ。そうは思わない」

「私もよ」

「しかし、もしも君が自由で愛情溢れる体験を求めているなら……」

「一番にあなたを呼ぶわ。ところで、セス・ラルストンはどうするつもりですか？」

「彼の周りのすべての者にきいて回るつもりだ。スインガーズ・クラブの全員に面談する。彼の同僚にもきく。学歴も調べる。博士論文も読む。運転記録も確認する」

「でも、彼とは話さないんですね」

「そうだ」

「それから、彼のことは一切非難しない」

「そう、しない」

「それから、彼が何かの容疑を受けていると示唆するようなことは一言も言わないように、非常に用心深くやる」

「そう、用心深く」

「でも、大きなキンバエのように彼の周りでブンブン言って、彼をイライラさせる」

「それが俺の計画だ」

「パラダイス・フリー・スインガーズは？」

「たぶん、クラーク家の子どもたちのためにいい方法を見つけられると思う」

モリイは両手で口の前にコーヒーカップを持ち上げ、かすかに立ちのぼる湯気を見ていた。それから、少しすすると、カップをテーブルの上に戻した。

「それって悪魔的なやり方ですね」

ジェッシイがモリイを見てニヤッとした。

「あれを締めつける方法は、一つだけじゃないんだ」

42

水曜の夜だった。ジェッシイは、セス・ラルストンのコンドミニアムの外で、スーツのトラックにスーツと一緒に座っていた。

「俺たちがやつを見張っているとわからせたいなら、どうしてパトカーを使わないんですか?」スーツが言った。

「こういうやり方だと、チャンスが二つあると考えたんだ。やつに見つかった場合、やつを思いとどまらせ、少しばかりやつを絞り上げることになる。見つからなかったときは、やつを現行犯で逮捕できるかもしれない」

「何の現行犯ですか? のぞき? もう昼間の仕事に鞍替えしたと思ってましたけど」

「夜か昼かはわからないだろう」

「それなら、犯人がやつかどうかもわかってませんよ。わかってるのは、妻が水曜の夜に仕事を持っているということだけです」

「それと、やつがスインガーズのグループに入っていること。そして見るのが好きなこと」

「そんなの、議論のための議論ですよ。それならスインガーズのメンバー全員に当てはまることじゃないですか？」

「彼ら全員、見るのが好きだと？　それはわからん」

「少なくとも、自分たちのセックスを秘密にしておくことが好きとは言えません」

「その通りだ。セスとはかぎらないな」

「しかし、ほかに誰がいます？」

ジェッシイが微笑して、ゆっくりうなずいた。

「そこだ。警察の仕事の神髄をつかんだな」

「やつが、出てきました」

セス・ラルストンがコンドミニアムの正面玄関から出てきた。黒いズボンに白のTシャツを着て、ヤンキースの帽子を被り、黒っぽいウインドブレーカーを腰に巻いている。

「出撃かな？」スーツが言った。

「それ用の服装だな。ジャケットを着てジッパーを上げたら、黒ずくめだ」

ラルストンは歩道に向かって歩いていき、振り返ってトラックを見た。立ち止まった。それから向こうを向くとダウンタウンへと歩いていった。

「車にしますか、それとも歩きますか」スーツが言った。

「別々にやろう」ジェッシイが言った。

ジェッシイは車から降り、道の反対側をラルストンと同じ方向に歩いた。スーツはトラックのギアを入れると、ラルストンの脇を通り過ぎた。ラルストンは、それまで二人に気づいていなかったとしても、おそらく、もう気づいているはずだ。ほとんど歩く人がいないパラダイスほどのサイズの町で、誰かを尾行するのはまず不可能だ。それでも、プレッシャーを高めるぐらいのことはできるだろう、たぶん。やるだけのことはあるのだ。

　ラルストンは右手に港を見ながら、フロント・ストリートをゆっくり歩いていった。消火栓のところに止まっているスーツのトラックを通り過ぎるとき、チラッと見たが、そのまま歩き続けた。ジェッシイは後ろからぶらぶらついていった。町の波止場に来ると、ラルストンは曲がって〈グレイ・ガル〉に入った。スーツは波止場の駐車場でトラックを止め、座っていた。ジェッシイが〈グレイ・ガル〉に入ると、ラルストンはカウンターにいた。ジェッシイはカウンターの反対の端に座り、ビールを注文した。ゆっくり飲んでいると、ラルストンはマティーニを飲み、支払いを済ませ、立って外に出ていった。ジェッシイはお札を一枚カウンターに置くと、彼のあとから出ていった。

　ジェッシイが見張り、スーツがトラックでゆっくりまわっているあいだ、ラルストンは自分のコンドミニアムに戻り、中に入った。スーツが通りの反対側に駐車した。ジェッシイが通りを渡ってトラックに乗り込んだ。

「警察の仕事って胸が躍るものなんでしょう？」スーツが言った。

「やつはのぞきをやるつもりで外出したが、俺たちに気づいて、計画を変えたんだな」

「あるいは、ただ飲みたかったのかもしれない」

「誰が夜の九時に外出し、バーまで歩いていき、マティーニを一杯飲んで帰ってくるんだ」

「俺の知ってるやつはほとんどビールですよ。でも、お説ごもっともです。あいつは別の理由で出かけ、俺たちを見て気が変わったみたいだ」

「そういうことだ」

「ちょっと論拠薄弱ですけど」

「ちょっと？」

43

ジェッシイは、自分で飲み物を作り、ナイトホークの手紙を読むためにリビングのカウンターに座った。

ジェッシイ君

私は、罠にはまったような感じがし、絶望的な気分でいる。しかし、君がしていることとは一切関係ない（やれやれ！　田舎の警察官ですな）……自分の強迫観念の罠にはまったような感じがするのだ。私の強迫観念と自我との闘いは、まさしく本物の闘いであって、君と私の痛ましいほど不平等な対立なんてものではない。君が何をし、誰と話をするかは問題ではない……私の強迫観念が、私を追いつめ、したくないと思っていることをさせるかどうかなのだ。最終的には、強迫観念から救われるために、君が私を捕まえ、強迫観念にとどめを刺すのを許すかどうかになるのだ……しかし、そのときがきたら、君たちキーストン・コップス（無声映画時代の警官のドタバタコメディ）が私を捕まえられるか心配だ。私は、またやるつもりだが、君は私を止められない。絶対に止められない……強迫観念を抑制するために、私のほうで、君が私を止める手段を講じるのでないかぎり……それは面白いはずだ。

ナイトホーク

ジェッシイは手紙をカウンターの上に置いた。立ち上がると、飲み物を持ってフレンチドアまで行き、港を眺めた。スコッチを少し飲んだ。

あいつだ、とジェッシイは思った。あいつは犯人が自分だということを俺に教えているんだ。俺があいつの奥さんと話したことを知っている。あいつを見張っていることを知っている。〝君が何をし、誰と話をするかは問題ではない〟。あいつは俺に教えているんだ。意識的にやっているんだろうか。

ジェッシイはまた少しスコッチを飲んだ。

俺のことをジェッシイ君と書いてきたのは、どういう意味があるんだろう。あいつはどんどん神経をすり減らしている。手紙の声からそれが聞き取れる。またのぞきを始めたのか。言ってみれば、後戻りだ。グローリア・フィッシャーにすくみあがったのかもしれない。たぶん、後戻りして、初めからもう一度やり直さなければならないのだろう。

ジェッシイはカウンターに戻り、もう一杯作った。

打つ手は、あいつに正体を現わす程度のプレッシャーはかけるが、他人に危害を加えるほどはかけないようにすること。

彼はディックスが力を貸してくれるかもしれないと思った。一つだけわかっていることがある。ディックスは比喩を使う。ナイトホークは、それなしには生きられないと感じている強迫観念にしがみついている。そしてそれが彼を滅ぼそうとしている。ディックスは、ジェッシイの注意を彼自身とジェンとの状況に向けるだろう。

「まったく同じとは言えない」ジェッシイは、もう一度港を見ようとリビングを横切りながら言った。「しかし、合致させるために事実を曲げる必要はない」

彼がジェンと別れることを誰もが望んでいる。その話に関するかぎり、みんなのほうがおそらく正しい。彼女がいなければ、もっと楽になるだろう。彼は、ナイトホークはナイトホークをやめたいと思っていると、ほぼ確信していた。だが、ナイトホークであることをあきらめたくないとも思っているはずだ。

ジェッシイは港に目を向けたが、港を見てはいなかった。見たものは、暗いガラスに映った自分自身だった。まだ老けてはいない。身体も締まっている。酒の影響も出ていない。

彼は多くの女と付き合った。全般的に見て、みんな良い女だった。ときには驚くほど良かった。サニー・ランドルのように。みんな好きだった。特にサニー・ランドルは。でも、ジェンとは違うのだ。ジェンは良い女でない。たぶん、そこが彼女の魅力なんだろう。二人の関係にこれほどの緊張感をもたらしているのは、たぶん、怒りだろう。二人が愛し合っているとき、たぶん、怒りの味つけがなされていたんだろう。そして、怒りによって特別なものになっていたのだろう。

もしかして、酔っぱらったか。

彼はもう少しスコッチを飲むためにカウンターに戻った。新しい飲み物を作り、振り返って自分の姿が映っている窓を見た。グラスを上げた。

「いずれ」彼が声を出して言った。「お前を捕まえるぞ」

それから飲んだ。そして黒い窓を見た。俺はナイトホークに話しかけているのだろうか、それとも自分自身に？　ナイトホークを哀れに思った。そして自分を哀れに思った。

「で、俺は何者だ？　デイ・ホークか？　ナイト・イーグルはどうだ？」

笑った。空っぽの部屋であざけるようにひびいた。

「夜も昼も《ナイト・アンド・デイ》」彼は歌った。「俺だけだ」

デッキに向かって開くフレンチドアの暗い窓に向かってグラスを上げた。

「月のもと、太陽の下でも俺だけだ」

彼は再び飲んだ。

参った、酔っぱらってしまった。

彼は寝室に入っていった。そこにはベッド脇のナイトテーブルにまだジェンの写真が載っている。

彼はしばらく見ていたが、頭を振った。それから写真を伏せ、またスコッチを飲んだ。

44

ジェッシイは、改装のため閉店している〈グレイ・ガル〉で、サニーとコーヒーを飲んでいた。二人はカウンターに座り、スパイクが大きなステンレス製の冷蔵庫をトラックから降ろし、レストランの向こうの端から運び込んで来るのを見ていた。

「すごいな」ジェッシイが言った。

「スパイクはすごく強いのよ」

「わかるよ」

「愛らしい大きな熊のように見えるから、それでときどき判断を誤る人がいるわ」

「そいつはしくじりだな」

「それに、武術の稽古もしている」

「そりゃ必要だろうな」

「その上、本当に足が速いの」

ジェッシイがうなずいた。

「万一スパイクとトラブルになったら、銃に頼ることにしよう」

「大きな銃を使うことね」

ジェッシイがニヤッとした。

「でも、あなたがスパイクとトラブルになることはないわ」

「俺が署長だからか？」

「私の友だちだからよ」

「まだ絵は描いているの？」

「ロージーが死んでからは描いてないの」

「でも、いずれ描くんだろう」

「そうね」

「新しいロージーは飼わないのか？」

「わからない。たくさんの時間をあの子と過ごしたから。ロージーが子犬のときに結婚して……今は独りで暮らしている……わからないわ」

ジェッシイがうなずいた。

「リッチーの奥さんは、もう子どもを産んだのかい？」

「あと二カ月したら」

「君たちの関係にとって幸先がいいとは言えないな」

「とても言えないわ」

ジェッシイは立ち上がってカウンターの後ろに回り、コーヒーポットを取って二人にコーヒーを注ぎ足した。

「先に進むべきときが来たのかもしれない」

「私にそんなこと言えるの？」

「わかってるよ」

「あきれた。あなたこそあちこちで男と寝ている前妻に何年もしがみついているじゃないの」

「わかってるさ」

「それなのに、私に先に進めと言ってるの？」

「たぶん、俺たちは二人ともそうすべきなんだよ」

サニーはカウンターのスツールに座ったまま身体を後ろにそらせて、じっとジェッシイを見た。それから、微笑んだ。

「私たち、もう選択の余地はないようね」

「まだあの精神科医のところに行ってるのか？」

「ドクター・シルヴァマンね。行ってるわ。あなたは？」

「俺もまだディックスと話をしている」

カウンターにハーフパイント入りのハーフ・アンド・ハーフのカートンがあった。ジェッシイはそれを少しコーヒーに入れ、砂糖と一緒にかき回した。サニーはブラックにしてスプレンダを入れた。

「のぞき魔家宅侵入犯のことは知ってるだろう」ジェッシイが言った。

「自分のことをナイトホークと言っている？」

「そう」

「情けなくない？　B級映画や漫画に出てくる名前。自分を英雄らしく見せたい連中が思いつくのよね」

ジェッシイがうなずいた。

「俺に手紙を書いてきた」

「あら、またなの。私にもそういう男がいたわ」

「〝物乞いキラー〟か？」

「事件は知っているでしょう」

「メディアの報道が正しければね」

サニーが首を振った。

「哀れな男……ああいう連中はみんなそうだけど。強迫観念に取り憑かれた負け犬。でも、ひどいことをした」

「そうなんだ。俺が追ってるやつは、君のよりいい。まだ誰も殺してないからな。しかし……」

「殺すかもしれない。でも、殺さなくても、むりやり脱がされた女の人たちは、今までとまったく同じではいられないわ」

「そうだな」

「なぜ私たち、こんなことを話しているのかしら？」サニーがニッコリした。「助けが必要？」

「たぶんな。この男は、快感を得るためにあることをするが、それが不快をもたらす。だが、やめられない」

「だから強迫観念と言うんでしょう」

「ありがとう、ドクター。しかし、俺は、自分たちも同じことをしていると気づいてハッとした」

サニーは、考えながら、ゆっくりうなずいた。

「幸福になりたいという努力が、私たちを不幸にしているのね」

「それでも、やめない」

サニーがまたうなずいた。

それから言った。「だから、強迫観念と言うのね」

「たぶん、だからやめるべきなんだ」

「できればね」

「できるさ」

「もう少しでできそうなときがあったわね」

「ビバリー・ヒルズの婦人服店のことを覚えているかい？」

「試着室でのこと？」

「立ったまま？」

「立ったままっていうのは、ちょっとひどい言い方じゃない」

「俺たち驚くほど身が軽かった」

「その身軽さを取り戻せるかもしれないわ」

「そう願ってるよ」

45

彼らは詰所にいた。

「またのぞき魔の通報がありました」モリイが言った。

「水曜の夜だな」ジェッシイが言って、スーツを見た。

「俺の見たかぎりでは一度も家から出ていません」

ジェッシイが再びモリイを見た。

「被害者の自宅に寄って話をききました」モリイが言った。「寝室の窓から外を見ると、裏庭に男が立っているのが見えた。同じ服装。全身黒ずくめの野球帽。彼女は急いでブラインドを下ろして、大声で夫を呼んだ。夫は庭に走って出ていったが、男はもういなかった、ということです」

「被害者はどんな女だ？」

「背が高く、ブロンド。たぶん五フィート五インチ。もう少しあるかもしれません」

「やつが写真を撮った女たちとは違ってるな」スーツが言った。

「のぞきというのは、結構チャンスに左右されるのかもしれない」ジェッシイが言った。「写真はもっとあとで撮るつもりだろう」

「模倣犯ていう可能性もあるわ」

「いや、やつだ」

「どうしてわかるんですか？」スーツが聞いた。

「やつだよ。後退しているところだ」

「後退？」とモリイ。

「後戻りしてやり直す。もう一度度胸をつける」

「のぞきが起きたとき、俺は彼のコンドミニアムの前で張ってたんです」スーツが言った。「でも、一度も出てこなかった」

「正面玄関の近くだろう。このあいだの晩、正面にいて見つかったじゃないか」

「わかってますよ。だから、モルがのぞき事件の連絡をしてくれたあと、あそこに戻って、辺りを見て回ったんです。もちろん、裏に出口がありました。地下室から。裏の駐車場と木々のあいだを抜けると、鉄道線路があって、そのままシー・クリフ・ステーションに行けます。それから、プレストン、次がダウンタウンです。そこまで行ってしまえば、自由に歩き回れます」

「さてと」ジェッシイが言った。「やつは仕事に戻ったわけだ」

「前よりおとなしいレベルで」モリィが言った。

「レベルはエスカレートするだろう」

「以前よりもですか？」

「たぶん。強迫観念に取り憑かれたかわいそうなやつだ」

「かわいそうなやつですって？　じゃあ、あの女の人たちは？」

「彼女たちもかわいそうだ」

「私には理解できません……ああ」

「とにかく」スーツが言った。「チャンスが増える。やつが長いことやり続ければ、捕まえられる」

「やり続けるさ」ジェッシイが言った。「やらなきゃいられないんだ」

「あまりエスカレートしないうちに捕まえられればいいけど」モリイが言った。

「どのくらいエスカレートするかは、どのくらい抵抗にあうかによるだろう」

「女の人が抵抗したらという意味ですか？」

「プレッシャーがたまり、はけ口がないと……」ジェッシイはそう言って肩をすくめた。

「張り込みで身動きできないようにするのは？」モリイが言った。

「人手が足りない。正面、裏口、歩きで一日二十四時間。それだけで署の全員が必要だ」

「残業してくれる人もいると思いますけど」

「我々の仕事は町の治安を維持することだ。町全体の治安だ。ナイトホークだけじゃない。交通整理をし、盗難警報器や九一一の呼び出しに応えなければならない」

「やつの家を捜索するのは？」スーツが言った。「物的証拠があるのはわかってます。家宅侵入のときに使った銃とか、デジタルカメラとか。コンピューターには、おそらく、いやというほど写真がありますよ」

「とても令状が取れない」

「令状を持たずに忍びこんでもいいですよ。もちろん、非公式に」

「スーツ。もうやつが犯人だとわかっている。それを立証できなければならないんだ。押し込み強盗みたいな手口で手に入れた証拠は、我々には役に立たない。おそらく永久に」

「まったくどういうこと」モリイが言った。「この男は定期的に犯罪を繰り返している。私たちはその事実を知っているし、そいつが誰かも、やり続けることも知っている」

「それなのに、くそ、何もできないんだ。失礼、モル」スーツが言った。

「あなたのくそ言葉遣いを改めなさい」

三人とも笑った。積み上げてきた緊張がとけて嬉しかった。

「それじゃあ、俺たち、どうすればいいんです？」スーツが聞いた。

「事件の進展を待つ」とジェッシイ。

「進展を待つんですか」モリイが言った。

「それも警察の仕事だ」

三人は会議用テーブルを囲んで座ったまま、しばらく黙っていた。

それからモリイが言った。「のぞきをするのは水曜の夜だけですね」

ジェッシイが言った。「そうだ」

「週に一晩あの男を封じ込めるのに、何人必要だと思いますか？」

「三人。一人が建物の正面に立つ。二人目が裏に立つ。三人目が車で正面を見張る」

「それなら二人でできます。スーツが車を用意しておいて裏に立つ。私が車で表を見張ります。あいつが表から歩いて出てきたら、私は車から降りる。車で移動すれば、私も車で跡をつけ、スーツを呼びます」

「俺は車に飛び乗り」スーツが言った。「追跡に加わる。いいですね」

ジェッシイがうなずいた。

「うまくいくかもしれない。すばやく行動できればだが」

「俺とモルよりすばやいやつがいますか？」

「あいつが活動を昼間に移し、どんどんエスカレートするかもしれないな」

「なら、もっといいアイディアがありますか？」モリイが言った。

「これほどいいアイディアは浮かばないよ」

46

スティーヴ・フリードマンが受付からジェッシイに電話をかけてきた。

「署長に会いたいって子が来てるんですが」

「名前は？」

「教えてくれません」

「連れてきてくれ」

すぐにスティーヴがミッシー・クラークを伴って戸口に現われた。

「俺一人でいい」ジェッシイが言った。

スティーヴは肩をすくめ、受付に戻っていった。ミッシーが入ってきた。

「ドアを閉めてもいいよ」

彼女はドアを閉めると、以前座ったところに来て座った。今日は、短いデニムのスカートと短く切ったタンクトップにビーチサンダルをはいていた。足の爪は黒く塗ってあり、へそには金のリングがついている。

「コーヒーは飲むかな？」

「ええ」

ジェッシイは彼女にコーヒーをいれた。

「ミルクと砂糖は？」

「入れてください。お砂糖は二つ」

彼はミルクと砂糖を加え、カップを彼女に渡した。彼女が少しすすった。

「熱い」彼女が言った。

「たいてい熱いさ」

彼は自分にもコーヒーをいれ、机の後ろに座った。彼女はしばらくジェンの写真を見ていた。それから、ジェッシイを見た。

「パパとママがひどい喧嘩をしているの」

ジェッシイがうなずいた。

「スインギングのことをお母さんに話してくれた？」

「話したよ」

「私のことは？」

「いいや」

彼女はずっとジェッシイを見つめていた。

「そのことで二人は喧嘩しているの」

ジェッシイは待った。

「私とエリックに聞こえちゃうの。エリックはときどき私の部屋に来るわ。怖いからなの。ときどきおねしょもしちゃうし」

「二人はスインギングのことで喧嘩しているの、それとも、お母さんが私と話したからか？」

「ママはやめたいと思っている。署長さんが知っているから怖いと言ってるわ。署長さんが知っているなら、すぐにみんなに知れ渡ってしまうって。パパは、これは法律違反じゃないし、ママが黙っていれば、誰にもわからないって言うの。ママは、どっちにしても、あんなことやりたくないって。そうしたら、パパは、ママがやらないなら、やる人を探すって」

ジェッシイはちょっとのあいだ黙っていた。

それから言った。「ひどい話だな」

彼女は下手な化粧をしすぎていた。十三歳の子どもにしては、ことさらけばけばしく見えた。涙があふれそうだが、泣きはしなかった。

「どうしていいかわからないの」

「お父さんかお母さんと話はできる？」

「できない」

「どうして？」

「みんな、パパを怖がっているの」

「お母さんも？」

「ええ」

「お父さんは君を殴ったことがある？」

「あんまり」

「ときどき？」

「ええ」

「お母さんも?」

「そう」

「そうか。この問題は解決しなきゃならないな」

「誰に話したらいいかわからなかった」

「私でよかった」

「これからどうするの?」

「まず、二人に立ち向かわなければならない」

「私も?」

「君と私だ。二人にここに来るように頼もう。来たら、私は君と弟さんのことを話さなければならない」

「私が話したことがばれてしまうわ」

「その可能性は大だ。遠回しな言い方はできるだろうが、私たちが話をしたことはわかってしまうだろうね」

「だめよ。約束したじゃない」

「二人が怒るのを止めることはできない。しかし、誰も君に危害を加えることはないと十分に保証できる」

「ママはそんなことしないわ」

「お父さんもしないようにできる」

「むりよ。できないわ。どこにも行くところがないもの」

「じゃ、今の状態はどうなる?」

「私……」

「自分で変えようとしなければ、何も変わらないんだよ」

ミッシーが泣き出した。泣き声が静まって来るまで、ジェッシイは黙っていた。

「ひどい話だ。私は、ひどくないなどと取り繕ったりしない。簡単なことだとも言わない。しかし、チャンスだ。チャンスをつかまなければ、君も弟さんも駄目になってしまう。まだ自分を欺くのか？」

彼女は首を振った。

「君がオーケーと言わなければ、私はやらない。でも、我々で解決できると思うよ」

「パパとママと話すだけ？」

「そうだ」

「一緒にいなければだめ？」

「いや」

「いたかったら？」

「大歓迎だ」

「やっぱり、いたくない」

「いいよ」

ミッシーはまだ鼻をすすっていた。ジェッシイがペーパータオルを渡すと、鼻を拭いた。呼吸が落ち着いてくると、深く息を吸った。

「やってもいいわ」

「ちょっと待ってくれるかな。お膳立てをするまで」

「お膳立て？」

「そういう言い方があるんだ。あと二、三日我慢して」

彼女がうなずいた。二人は黙っていた。ミッシーは帰りたくなさそうだった。

「署長さんが私のパパだったらよかったのに」やがて言った。

「そうだね」ジェッシイが言った。「私もそんな気がするよ」

47

「あいつは、夕方私の家に入ってきました」ベッツィ・インガソルが言った。「私は学校から戻っていて、ジェイはいつものように、遅くまで仕事をしていました。そして、あの男は銃を持ってたんです」

彼女はジェッシイの机の前に座っていた。藤色のスーツを着た姿は非の打ち所もない。隣には夫が座り、こちらもグレーのスーツで非の打ち所がなかった。モリイはジェッシイに一番近い部屋の隅の椅子に座っている。ジェッシイは待った。

「あいつは銃を私に向けました。スキーマスクをかぶり、帽子を目深に被っていました。どんなに恐ろしい思いをしたか想像できるでしょう」

「想像できます」ジェッシイが言った。

「あいつは私に近づいてきて、銃を首にあてました」——彼女は首の付け根の小さな窪みを指した——「ここです……それから、服を脱げと言いました……私は、ジェイや生徒たちのことを思いました……で、いやだと言ったんです。そうしたら、顔を平手打ちにされ、言うことを聞かなければ、殺すと言われました」

ジェッシイがうなずいた。

「それで、言う通りにしました」

ジェッシイは、ジェイ・インガソルをチラッと見た。インガソルの顔は、こわばり、無表情だった。

「それから、あのう……あいつが私に触りました」

「親密に？」

「ええ。あのう、愛撫しました」

ジェッシイがうなずいた。

「それから、やめて後ずさると、カメラを出し、私を立たせて写真を撮りました」

彼女は両手に顔を埋めた。肩がかすかに震えたが、泣きはしなかった。それから、顔を上げた。

「それから、私をソファに縛りつけて、出ていきました。あいつがいなくってから、からだをくねらせて紐を緩め、警察を呼びました」

「まず服を着たんですね」

「もちろんですわ」

「そして、マグワイア巡査が来た」

「そうです」

「この男のことで何か気づいたことはありませんか？」

「あら、ナイトホークに決まってますわ」

「しかし、それ以外に、その男が誰かはわからなかったんですね」

「妻はすでに、マスクをしていたと言ったでしょう」ジェイ・インガソルが口を挟んだ。

「もちろんです。銃についてはどうですか、ミセス・インガソル？」

「銃のことは何も知りません」

「ブルーブラック系でしたか、それともシルバーがかっていましたか?」

「わかりません。あっという間の出来事でしたし、私は恐怖で凍りついていました。ただ銃とだけしか」

「そうでしょうな」

「言わせてもらうが、ストーン」ジェイ・インガソルが言った。「もし君が、ナイトホーク事件の捜査を、妻が仕事の上で犯したかもしれない無害な過ちの捜査と同じぐらいの熱心さでやっていたら、今頃はこの変質者を牢にぶちこんでいたかもしれないんだ」

ジェッシイは肩をすくめた。

「そればかりはわかりません」

「私ははっきり確信している」インガソルが言った。「君には絶対わかりっこない」

「田舎の警察官に過ぎませんからね、ミスター・インガソル。田舎の警察官です」

「それは明々白々だ」

「やつの車は見ませんでしたね、ミセス・インガソル?」

「どうしてあいつの車なんか見られるのです? 私はソファに縛られていたんですよ」

ジェッシイがうなずいた。

「ただ、マグワイア巡査はロープのようなものは見たと言わなかった」

「見るはずないでしょう。ロープを緩めたら、捨ててしまいましたから。私はきれい好きなんです、ストーン署長。それに、あんなものに愛着を持ってませんわ」

ジェッシイがうなずいた。

「もちろんそうだと思いますよ。では、ええと、身体をまさぐられたことについて、もう少し話していただけますか？」

ベッツィ・インガソルが夫を見た。

「もうたくさんだ、ストーン」ジェイ・インガソルが言った。「君の性的快楽を満足させるためにまた同じことを繰り返して、彼女にこれ以上のショックを与えるわけにはいかない」

隅の椅子からモリイが声をかけた。「ちょっと」

ジェッシイがモリイにやめるように合図した。

「あなたは、夫として、それとも代理人として話しているのですか？」ジェッシイがインガソルに言った。

「代理人だ」インガソルが言った。

「わかりました。あなたの天職だ」

「その通り。それに、私は、そこの君の部下に口出しされる必要はない」

「むろんですな」

インガソルは立って妻の腕を取った。彼女が一緒に立った。

「これからも私に情報を伝えるように」インガソルがそう言い、二人は出ていった。

48

「嫌なやつ」モリイが言った。

「ジェイ・インガソルか？」

「大嫌い」

「なかなか気安い雰囲気を持ってるじゃないか」

「もしもあいつと結婚していたら、ナイトホークと駆け落ちするわ」

ジェッシイが微笑し、うなずいた。

「彼は重要人物なんだ」

「ほのめかしていたでしょう、署長は刺激が欲しいからセックスの詳細を知ろうとしてるって」

「確かに」

「それから、署長は無能だって」

ジェッシイがうなずいた。

「署長に腹を立てていたわ」

「それから奥さんにも」

「そう。それから私にまで。まったく」

「鼻持ちならない」

「署長は腹を立てないんですか？」

「俺は別のことを考えていた」

「どんなことですか？」

「彼女の話をどう思う？」

モリイが怒ったまま、一瞬沈黙した。

「彼女の話ね」

「そう」

モリイは深く座り直し、考えてみた。

「あいつは彼女を殴った」モリイが言った。

ジェッシイがうなずいた。

「愛撫した」

「そうだ」

「それから」――モリイが早口になった――「彼女を縛り上げた」

「そうそう」

「ジェイ・インガソルにあれほど腹を立てていなかったら、すぐに気づいていたはずだわ」

「そうだな」

モリイは再び黙って、あれこれと考えた。

「ナイトホークはこれまで触ったことはなかった」

「その通り」

「ということは、ナイトホークがやり方を変えたか、模倣犯か……」

「それとも……」

モリイが眉をひそめた。

「それとも？」

ジェッシイが待った。

「それとも、彼女の創り話」

ジェッシイがうなずいて、言った。

「それに、彼女は細部を知らなかった」

「だから、細部を公表しないのね。模倣犯なら模倣犯だとわかるから」

「そうだ」

モリイが彼を見てニヤッとした。

「私たち、結構頭がいいわ」

「そうさ」

「彼女の創り話だと思います？」

「おそらく」

「なぜかしら？」

「夫か？」

「夫の注意を引くため？」

「たぶん。パンティ検査に対する民事訴訟の対策かもしれない」

「同情を買うため？」

「かもしれない」

「あるいは、模倣犯てことも」

「ありうるな」

「あるいは、ナイトホークがエスカレートしたかもしれない」

「そうじゃないといいがね」

「写真は？　ナイトホークでなければ、当然写真は送られて来ないでしょう」

「もうみんな知ってるさ。女たちがその話をしているし、新聞も取り上げた。写真を送りつけることは誰だって知っている」

「じゃあ、手紙は？」

「それほど知られてない」

「それなら、写真は来るかもしれないけど、ナイトホークでなければ、手紙は来ないはずね」

ジェッシイがうなずいた。

「彼女の創り話なら、どっちも来ないわ」

「彼女が自分で撮らなければね」

「そんなこと誰がするかしら？」

「まず第一にこの話をすべてでっち上げた者」

「そして、署長に送るわけですか？」

「何しろあのすごいパンティ検査を執り行なった女だ。何が彼女を突き動かしているかわかったものじゃない」

「信じられません」

「俺もだ。これは仮説だよ、ナイトホーク・エスカレート説や模倣犯説と同様に。みんなチェックするつもりだ」

「まあ。高校の物理みたい。科学的捜査法」

「インガソルは我々が田舎の警察官にすぎないと思ってるしな」

49

木曜の夜、スパイクが〈グレイ・ガル〉を再開すると、サニー・ランドルが車でやってきて、ジェッシイと夕食をとった。二人は新しく大きくなったカウンターで、新しく品数も増えたメニューを見て注文した。

「マティーニを飲んでいるのね」サニーが言った。

「そうだけど」

「あなたがスコッチ以外を飲むのを見たことがないと思って」

「何でもいいときがあるのさ」

サニーがニッコリして、グラスを上げ、二人はグラスの縁を合わせた。

「気分転換はいいものよ」

二人は飲んだ。

「俺が助けようとしている子どものことは話しただろう」

「ミッシーのこと？　両親がスインガーの？」

「そう、その子だ。母親は嫌がっているが、父親がしつこく言うものだから、しかたなくやっている。

父親はミッシーを殴る。ミッシーの母親も殴る。弟は怖くておねしょをする」

「それでまた、父親に殴られるのじゃないかしら」

「おそらく」

「介入すべきときね」

「そうなんだ。来週親たちに会いに来てもらう」

「子どもたちも？」

「いや」

「そのほうがいいわ。取り繕う理由がそれだけ少なくなるから。何をもくろんでるの？」

「会ったときにか？」

「ええ。父親を真っ当に生きるように改心させられると思う？」

「いや。しかし、とりあえず、どんなに悪いやつか見てみようと思って——俺の情報はみんなまた聞きだからな」

サニーがうなずいた。

「それで、もし言われているように悪いやつだったら、少しは行ないを改めるように脅かせるかもしれない」

「少なくとも、どんな男か直に知ることができるわ。善良な男になるなどと期待しなければ」

「期待しないが、ワイフ・スワッピングをやめさせ、これからは妻や子どもを殴らないようにさせることはできるかもしれない」

「そこがスタートね」

「それから、あまり怖いと思わなくなったら、妻が結婚から抜け出す方法を見つけるかもしれない」

「長く結婚にしがみついているのは、たぶん、あまりいい考えじゃないってわけね?」

ジェッシイがサニーを見て微笑した。

「カクテルをもう一杯飲まなきゃな」

「私は、こういうの二杯が限度」

「わかってる。俺もマティーニを二杯以上飲むと、ろれつが回らなくなってくる」

「私の場合は、服を脱ぎ始める」

ジェッシイが、バーテンダーのほうに顔を向けた。

「ミズ・ランドルのをダブルにしてくれ」

二人とも笑った。

「ダブルにしないで」サニーはバーテンダーに言った。ジェッシイには「その必要はないわ」と言った。

「それはいいことをきいた」

二人はしばらくメニューを見たあと、ハマグリの詰め焼きを注文した。

「いいことを思いついたわ」

「俺もだ」

「あのことじゃないわよ」

彼女は言葉を切ってマティーニをすすった。

「姉がひどい男と浮気をしてたんだけど、別れようと思ったら、そいつがつきまとって離れようとしなかったの」

ジェッシイがうなずいた。

「私もそいつと話をしたし、姉も話をした。でもどうにもならなかった」

彼女はマティーニの中に入っているオリーブの半分を食べた。

「どうしても彼女から離れようとしないのね。それで、ついにスパイクに話をつけてくれるように頼んだの」

ジェッシイがうなずいた。

「そいつは二度と姉につきまとうことはなかったわ」

ジェッシイはスパイクをチラッと見た。テーブル席の客の相手をしている。愉快なホストだ。

「スパイクはその男に警告したんだな」

「そうなの」

「ミッシーの父親も説得できると思うか？」

「よろこんでやってくれるわよ」

「なかなか面白いアイディアだ」

50

ジェッシイはモリイと一緒に詰所にいた。目の前の会議用テーブルの上には裸の女性の写真が三枚ある。ジェッシイが封筒から四枚目の写真を出して三枚の写真の隣に置いた。

「今朝届いた。町で投函。差出人は書いてない」

「ベッツィ・インガソルね」

「言ってみれば、生身のベッツィ」

モリイは立って前屈みになって写真をじっと見た。

「思っていたよりよく写ってるわ。脂肪が全然ないし、どこもかしこも引き締まっている。驚いた」

「それを聞けば彼女もきっと喜ぶだろう」

「もちろん、子どもがないことが、大いに役立ってるわ」

ジェッシイがうなずいた
「手紙は?」モリイがきいた。

端を注意深く持ちながら、ジェッシイは短い手紙を彼女の真ん前のテーブルの上に置いた。

ご参考までに《FYI》

「たったこれだけ？」

「そうだ」

　モリイは手紙をもう一度見た。

「普通紙ね。普通の印刷書体。これじゃ何もわからないわ。指紋は？」

「ピーターに調べてもらうが、なさそうだな」

「あの大げさな〝私を私から助けて〟の叫びはどうなったの。あいつはいつもそう書いているでしょう」

「いいとこ突くな。さて、一分間写真を見ないで」

　モリイは窓の外を見た。

「もし自分のヌード写真のためにポーズをとるとしたら、君ならどうする？」

「自分の写真を撮るということですか？」

「そうだ」

「あら、署長ってあやしいわ」

「仮説をテストしているだけだ。君ならどうする？」

「そうですね。私なら署長に写真を送りません」

「残念だな。しかし、彼女になったつもりで考えてくれ。想像してみるんだ。偽の襲撃事件をでっち上げ、今度は、警官に送りつける自分のヌード写真を撮ってそれを実証しようとしている」

モリイは立って窓のところに行き、市の駐車場を見た。トラックが止まり、除雪車のブレードが冬を待っている。

「そうですね」モリイが窓から振り返らずに言った。「まず、全身が映る鏡でいろいろとポーズをとってみる」

「どうしたら一番良く見えるかと思って？」

「もちろん」

「たとえ裸でも」

「裸だからよ。当然、正面から撮らなければならないわね。でなければ、誰も信じてくれないから。でも、正面でもいろいろ立ち方があるわ。どこに光が落ちるかとか、おっぱいを強調したいか、それともヒップかとか。女なら誰だって自分の一番いいところを知ってるわ。自分が一番きれいに見えるのは、正面か、横顔か、その中間あたりかって」

「化粧は？」

「絶対します。信じていいわ。ずっときれいに見えるもの」

「髪は？」

「そうね」

窓から振り返っていた。もうこの話に夢中になっている。彼女の想像は、完全に、いかにしたら裸で一番きれいに見えるかに向けられている。ジェッシイがかすかに微笑んだが、モリイは彼を見ていなかったから、気づかなかった。

「髪は問題ね。ちょっと乱れてなきゃいけない。手荒な真似をされたり、むりやり服を脱がされたりしたように。きちんとしてちゃだめ」

「ほほう」

「でも、できるだけきれいに見える髪の乱し方があるのよ」

「どうやるんだ？」

「私なら、額に少し髪を垂らしてほつれさせ、残りの髪を下ろして顔の回りにフワフワさせる」

「そんなヘアスタイルにしたことないね」

「ジェッシイ、私は警察官ですよ。そんなヘアスタイルにするとしたら、非番のときです」

ジェッシイがニヤリとした。

「クロウにきいてみよう」

「まあ、やめてください」

「銃を突きつけられて服を脱がなければならないとしたら？」

「たぶん、怖くてあまり考えられないでしょうね。ただ突っ立って、早く終わってほしい、危害を加えないでほしいと思っているんじゃないですか」

「ポーズはとらない」

「そうね。少しお腹をへこませるかも」

「わかった。ここの写真を見てくれ」

モリイがテーブルまで歩いていき、見下ろした。

「ポーズをとってる」

「ベッツィ・インガソルが」

「間違いないわ」

「俺もそう思う」

51

「スインギング・ライフスタイルについて何か意見を持ってるかね？」ジェッシイがきいた。

ディックスがニッコリして、何か考え事をするときよくするように椅子に深く腰をかけた。

「持っているよ」

「聞かせてくれ」

「いいとも。ただし、君もジェンについての考えを話してもらわないと」

「わかったよ」

「第一に、君の場合もそうだが、私の仕事では非常に多くの場合、かなりの部分で、当事者が誰かということにかかわってくる」

ジェッシイがうなずいた。

「私の経験では、スイングする人の愛情関係は、ほとんどが健全ではない。もっとも、私が経験した人の愛情関係のほとんどは健全ではないがね。でなければ、初めからそういう人を相手にすることはないだろうし」

「ということは、ある程度、自主的な選択が行なわれているということだな」

「君の仕事でも同じだろう」

「この話にこだわるつもりはないが、ただ何とか理解したいんだ」

「一般論を言わせてもらえば、スインギングというものは、結婚におけるセックスをゆがめる傾向がある。セックスが夫婦関係において非常に重要な位置を占め、多くの場合、ソーシャルライフにおいても非常に重要な役割を果たす一方で、夫婦が二人とも、おそらく、さまざまなパートナーとセックスをするために、セックスは矮小化され、一種のパーティゲームのようなものになってしまう」

「なるほど」

「セックスは感情と複雑にからみあっている。だから、例えば、ポルノは最終的には失望をもたらすのだ」

「スインガーズは、結婚生活を向上させると主張しているんだが、信じるかね?」

「いや、信じない。私の理解では、人間の感情生活と矛盾するからね。といっても」――彼が微笑した――「懸命に努力していても、人間の感情生活に対する私の理解はいまだ不完全のままだがね」

「なぜあんなことをするのか、何か考えでも?」

「考えはあるにはあるが、理由はおそらくあまりにも多様だ。一つ共通点は、どうも罪悪感を持たずに浮気ができるということらしい」

「自分の配偶者もやっているからか?」

「そう」

「それから、哲学的なたわごとで体裁良く脚色できるから。ワイフ・スワッピングではありません。同じ考えを持った自由な人々のあいだで行なわれている人生のアプローチの一形態なんですよ、とか言って」

「そうだ」

「最悪でも、被害者のいない犯罪」

「それは稀なケースだな」

「特に、子どもがいれば」

「それに関しては、はっきりしている。スインギングは子どもにとっては良くないことだ」

「特にどういう点で？」

「すべての点で良くない。子どもを混乱させるのだ。子どもは、どこが限界なのか、家族とは何か、愛とはどういうことなのか混乱する。セックスや、性別や、スインガーズの世界における自分の立ち位置がわからなくなる」

「つまり、認めないんだな」

「もちろん認めない。さあ、ジェンのことを話したまえ」

52

チェイス・クラークは、日に焼け、ステアマスターでたっぷりトレーニングをしたような体形をしていた。ブロンドの髪はまっすぐ後ろに撫でつけてあり、鼻が大きく、顔の皮膚は滑らかにピンと張っている。色のかかったアビエイター・サングラスをかけ、ピンクのポロシャツの上に鮮やかなグリーンのセーターを肩にかけ、首に回した袖をゆるく縛っている。あとは、オリーブ色のチノ・パンツに黄褐色のボートシューズ。キム・クラークは、黒の模様の入った白いワンピースに白いベルトをしめ、適度な高さの白いハイヒールをはいている。ジェッシイは、モリイが二人を詰所に案内しドアを閉めると立ち上がった。

「ミスター・クラーク。ジェッシイ・ストーンです。クレイン巡査とは面識がおありですね」

「ええ」チェイスが言って、真っ白な歯を見せながら満面の笑みを浮かべた。ていねいに歯の手入れをしていることがわかる。「ごたごたに巻き込まれているわけではないですよね」

「私の知るかぎりでは。お元気ですか、ミセス・クラーク？」

「元気ですわ」

ジューン・クリーヴァー（五〇年代のホームコメディ『ビーバーちゃん』の母親）に似ている、とジェッシイは思った。全員が座った。

「まず、はっきりさせておきますが」ジェッシイが言った。「パラダイス・フリー・スインガーズの会員であることは、法律違反ではありません」

チェイスは、驚いたように妻の顔を見たが、彼女には何も言わなかった。代わりにジェッシイに言った。

「なぜ、私たちが何かの会員になっていると思うんです？」

「警察の仕事はご説明しても退屈なだけですよ。ただ、あなたが会員であること、そして、ここにいる全員がそれを認めれば、ことが早くすむと言わせてください」

チェイスが再び妻の顔を見た。

「キムが言ったのですか？」

「警察の仕事はお話ししても退屈なだけです」

「では、仮にみんながそれを認めたとしよう。それから、君が典型的な堅物で、あれはいやらしいことだけど、自分もやれたらいいと思っているとしよう。でも、だからどうだって言うんです？」

「既にお話ししたように、私の知っているかぎり、どんな法律も犯していません」

「じゃあ、ここで何をしようとしているんだ？」

「あなたのお嬢さんと息子さんのことを話し合いたいんですよ」

「何をやらかしたんだ？」

「まだ何も」

「いったいどういうことだ？　キム、この男にべらべらしゃべっているのか？」

キムが首を振った。緊張で固くなっているようだ。

「お子さんは、あなたがあてがっている家にこのまま住み続ければ、何かしでかしますよ」

「いったい何の話をしているんだ？」

「スインギングのライフスタイルと何回かの肉体的虐待が、お子さんの生活を損なっています。〝子どもを危険にさらす罪〟に該当するかもしれない。我々は、あなたから養育権を取り上げる方法を見つけられるかもしれませんよ」

チェイスは、椅子に深く腰掛けなおし、荒い呼吸をしている。

「誰から……聞いたんだ？」

「息子さんが、まだおねしょをするのを知ってましたか？」

チェイスが再び妻を見た。彼女は頭を垂れ、テーブルの上を見ている。

「おねしょだって？」

「そうです」

「あんたは誰かから話を聞いてきたのか？　キムがこの戯言をしゃべったのか？　いかにも言いそうなことだ」

キムはテーブルの上を凝視している。

ジェッシイはかすかにうなずくと、ゆっくりと息を吸った。

「あなたのお嬢さんがここに助けを求めに来ました」

キムが顔を上げてジェッシイを見た。

「ミッシーが？」

「ミッシーです」

「あの子は甘やかされて育った」チェイスが言った。「キムが甘やかしすぎたから、自分がどんなに気楽な身分なのかまるでわかってないんだ」

「このどれもが真実でないとおっしゃるんですか」ジェッシイが言った。「それとも、真実だが、誰もそれを私に言ってはいけないと？」

「あんたには関係ないと言ってるんだ。これは家庭内のことだ」

「しかし、あなたの家庭が子どもにふさわしい環境を与えないと、私の出る幕になりますからね」

「何様だと思っているんだ、生活指導員か？」

「この町の警察署長です。それから、あなたのばか話を我慢するにも限度があります」

「俺たちは、創造的なセックスをしているという理由で迫害を受けているんだな」

「あなたの奥さんは嫌がっています。あなたが怖いからやっているんです」

「あいつがそう言ったのか？」

「警察の仕事はお話ししても退屈ですよ」

「同じことを繰り返すな」

「次はモリイに言わせましょう」

「あの女？　婦人警官の？　いずれにしても、ここで何しているんだ？」

「この事件は彼女の担当なんですよ」

「事件？　どんな事件だ？」

「私がここで何をしているかわかりますか？」モリイが言った。「あなたの話を聞いて反吐を吐かないようにしてるんです」

「俺に向かってあんな言い方はできないはずだ」

「できるし、実際にしたし、またすると思いますよ」ジェッシイが言った。「取引しましょう。私はあなたのセックスライフには関心がない。次々と相手を変えようが、一度に何人とやろうが、知ったことではない。しかし、子どもに精神的支えとなるような安定した環境を与えなければ、無理にでもそうさせる方法を見つけます」

「脅迫だな。あんたは俺を脅迫した。弁護士を雇うぞ。あんたは、セックスがオープンだという理由で俺たちを責め立てているんだ」

「それから、家族の誰かに手をあげたら、あなたが〝ワイフ・スワッピング〟と言うよりも速く、この監房に入ってもらいます」

「そんなまねはさせない」ジェッシイは立ち上がると、テーブルの上に両手をつき、チェイスにのしかかるように身を乗り出した。

「私はここの警察署長だ。やりたいことは何でもできるし、そうするつもりだ」

チェイスは口を開けたが閉じた。反り返ってジェッシイから逃れたかったが、怖がっているように見せたくなかった。身体がこわばっている。

「出ていけ」ジェッシイが言った。

「こんなふうに追い返さないでください」キムが言った。「この人、私たちに暴力を振るいます」

「ご主人と別れ、子どもを引き取ることを考えるべきですな。お望みなら、あなたがそうするあいだ、クレイン巡査ともう一人巡査を付けてあげますよ」

「別れる？」チェイスが言った。「それでどこへ行くんだ、このあま？　どうやって食っていくんだ？」

「別れたいですか？」ジェッシイがきいた。

キムは夫を見、ジェッシイを見、再び夫を見た。それから首を振った。

「いいえ」

ジェッシイがうなずいた。

「わかりました」彼はそう言うと、親指をドアのほうにぐいっと向けた。

クラーク夫妻は立ち上がって出ていった。二人ともジェッシイを見ようともしなかった。

彼らが行ってしまうと、モリイが言った。「ちょっと車で見てきたほうがいいですね。暴力を振るうかもしれない」

「たぶん、そんなことはないだろう」ジェッシイはそう言って、モリイに一緒に来るようにと合図した。二人は署長室まで行き、窓から消防署のドライブウエーの張り出し部分にある駐車場を見た。

「クラーク家の車はレクサスSUVか」ジェッシイがきいた。

「それで来ました。あの車に寄りかかっている人は誰？」

「さあ」

「サニーの友だちじゃない？〈グレイ・ガル〉を買った大男のスパイクでしょう？」

「かもしれないな」

「そうだわ」

ジェッシイが微笑し、肩をすくめた。

クラーク夫妻は、車に近づくと立ち止まった。チェイスがスパイクに話しかけ、スパイクがうなずいた。キムは助手席のドアの側で取っ手に手をかけたまま、じっとしている。チェイスがスパイクに何か別のことを言うと、スパイクは振り向き、自分の顔をチェイスの顔に近づけた。チェイスが見た目にはっきりわかるほどたじろぎ、スパイクから離れて運転席の側に行こうとした。スパイクは、彼のような大男にしては非常にすばやく動いた。突然チェイスのシャツの前をつかむと、彼を持ち上げレクサスのボンネットの上に載せた。チェイスは警察署のほうを見ようとしたが、スパイクは左手で彼の顔を抑え、のしかかるようにして、彼の耳に何やらささやいた。チェイスは、水をかき分けて歩いているかのように、手を無意味にパタパタさせた。それから、スパイクは彼を放し、後ろに下がった。チェイスはあわててボンネットから降りると、ドアを開け、乗り込んだ。スパイクは軽くお辞儀をして、キムのために助手席のドアを開けてやった。それから、ドアを閉め、後ろに下がった。チェイスは大急ぎで車の向きを変え走り去った。そのあいだ、スパイクはずっとチェイスを指差していた。

モリイがジェッシイを見た。

「あれは署長がしかけたんですか?」

「ノーコメント」

「違法ですよ」

「あきらかに」

「でも、チェイスはきっと奥さんや子どもたちに手をあげないですね」

「俺もそう思う」

「それでも、あの人たちが無事か、チェックしてもかまわないでしょう」

「我々みんなでやろう」

「うまくいくと思います?」

「まあ出発点だ」ジェッシイが言った。「たぶん、何とかなるだろう」

53

スーツとジェッシイは、署の裏の駐車場でキャッチボールをしていた。スーツは一塁手のグローブをはめている。ジェッシイはローリングス製の野手のグローブ。親指の付け根の部分に丸く赤いRのロゴが縫い付けてある。ジェッシイの投げたボールがスーツのグローブに当たってはねた。

「肩を痛めたんじゃないんですか」スーツが言った。

「そうだよ」

「大リーグの強肩の選手のボールだと思うけど」

「お前は大リーグの選手とやったことがないからな」

ボールが再びスーツのグローブの中ではねた。

「すごいや」スーツが言った。「高校を出てから夏はいつもソフトボールリーグでファーストをやってきたけど、誰も署長のように投げられません」

「筋肉が記憶してるんだな」

「ハーリーを知ってますか、ボストン大でアメフトのディフェンシブエンドだった？　署長より二倍も大きいです。ある年、俺たちのチームでサードをプレーしてくれたんですけど、彼の投げたボールが内野を越えて俺のグローブに当たったときは、まるで巨岩のような感じだった。でも、署長のボールは、ピューッと滑空して、まるで弾丸のようです」

「もし百六十二ゲームのシーズンを投げ切ったら、俺の腕は抜け落ちてしまうだろうな。ソフトボールは一シーズン三十ゲームか四十ゲームだろう？　それだって、毎晩肩を氷で冷やさなければならないだろう」

「とにかく、俺にわかるのは、ボールが内野の向こうからビューンと飛んでくることだけです」

ジェッシイは軽く投げていたし、その日は暖かかった。しかし、もう右肩がうずいている。今晩、もっとひどくなるだろう。

「タイム」ジェッシイが言った。

二人は木陰でタウントラックのランニングボードに座って水を飲んだ。

「キムはどうしてる？」ジェッシイがきいた。

「今日会ってきました。モリイと交代で、どうしているか毎日見にいってます。チェイスのやつが仕事に行き、子どもたちが学校にいるときに」

「それで？」

「彼女はだいじょうぶです。署長が話をしてからはチェイスも手をあげなくなったそうです」スーッがニッコリした。「それから、スパイクも話をしたでしょう。キミーによると、彼はスパイクが何と言ったか話そうともしないそうです」

「スインギングは？」

「してません。仕事からとても遅く帰ってきて、飲んでるのがわかるそうですよ。でも、彼女にも子どもにも何も言いません」

「セックスライフのことを口にしたか？」

「とんでもない、ジェッシイ」

「何か計画しているかな？」

「ほとんど感情が麻痺状態ですね。彼女の計画は、何とか一日をやり過ごすということだと思いますよ。わかるでしょう？」

「ああ、わかる」

二人はさらに十分ほどキャッチボールをしてから、署に戻った。

署長室でジェッシイは机の前に座り、グローブに牛脚油を少し塗った。それから、座ったまま注意深くグローブをキャビネットの上に載せると、受話器を取り上げ、サニー・ランドルに電話をかけた。

「マスコミに知り合いは？」ジェッシイがきいた。

「いるわ」

「知ってるかな、ジェイ・インガソルの妻が、ナイトホークによる家宅侵入の被害者らしいことを？」

「大物弁護士の？」

「そう」

「女生徒の下着事件にかかわっている？」

「そうだが？」

「どうして私知らないのかしら？　写真はあった？」

「ああ」

「マスコミの知り合いに何をしてもらいたいの？」

「事件の宣伝」

「家宅侵入のこと？」

「そうだ」

サニーはしばらく黙っていた。

それから、言った。「宣伝は嫌いでしょう」

「嫌いだ。しかし、今回は違う」

「コンタクトをとるように言ったほうがいいの？」

「もちろんだ。何もかも話してやるつもりだ」

またも、サニーがしばらく黙った。

ついに言った。「何かたくらんでいるのね」

「そうだ」

「でも、私に話してくれるわね、いつか」

「もちろん」

サニーが言った。「いくつか電話してみるわ」

54

ジェッシイが期待していたように、ベッツィ・インガソルの試練のニュースが流されてから何日もしないうちに、ナイトホークから手紙が来た。

ジェッシイ君

誰が誰に嘘を言っているのか？　私はあの女の家に侵入していない。殴ったり、服を脱がせたり、ソファに縛りつけたりもしていない。彼女とは何の関係もない。君は知っている。私が征服した女の誰一人として触れていないことを。そして、それが私の目的でもないことを。私は彼女の写真も撮っていない。何者かが彼女の写真を送ったにしても、それは私ではない。君に嘘をつかないことは知ってるはずだ、ジェッシイ。私は自分がしたことを、君に話してきた。オープンに、率直に語ってきた。逃げ出したあのときのように恥ずかしいことでさえも正直に話した。だから、信じてほしい。ベッツィ・インガソルの身に起こったことは、一切私に関係ない。ほかの何者かがしたのだ。何者かが写真を撮り、君に送ったのだ。その写真を心から見たいと思っていることは認めよう（私の強迫観念が動き出すのだ）。裸の校長を見るのは、たとえ、半分も見られた身体じゃないにしても、特別に心引かれるものがある。人目に晒される支配者。しかし、私はやっていないし、やっていないことで責められたくはない。ある意味、君を気の毒に思う。今や二人を捕まえなければならず、苦労が増えることだろう。しかし、そいつがバカで、君はそいつを捕まえ、面目を施すかもしれない。私が次の動きをするまでのしばらくのあいだは。あるいは、二人とも捕まえられないかもしれない。君にはあまり実績がないから。

オリジナルのナイトホーク
（代役は認めない）

ジェッシイは署長室でその手紙をモリイに見せた。彼女はゆっくり読み、終わるともう一度読んだ。

「〝人目に晒される支配者〟のくだりが面白いわ」

「そうだね」

「彼がこうするって知ってたんですね」

「いや、願ってた」

「だから、署長はマスコミにあんなに積極的だったんだわ」

「情報の自由な流れは、民主主義の発展に極めて重要なんだ」

「だから、署長を知って以来、署長がマスコミに言ってることは、〝ノーコメント〟だけなんですね」

「しかし、自由に流れるように語っているさ」

「彼の言ってること信じますか？」

「彼にはうそをつく理由はないが、彼女の話には弱点がいっぱいある」

「じゃあ、信じているのですね」

「そうだ」

「私もです」

「そうすると別の問題が残る」

「ナイトホークを模倣した別の人物がやったのか、それとも彼女が自らやったのか？」

「どっちだと思う？」

モリイは、ジェッシイが思っていたより長いあいだ黙っていた。

しかし、ついに言った。「彼女が自分でやったと思います」

「俺もそう思う」

「じゃ、それがこの事件に対する私たちの考えになるわけですね」

「そういうことだ」

「彼女の話は疑わしい」

「そうだ」

「もし彼女が証人席に立てば、有能な弁護士なら彼女の面子をつぶすことができる」

「そう」

「でも、我々は彼女を証人席に立たせないんですね」

「ああ、立たせない」

「こちらには起訴するだけのものがないから」

「彼女が何もかも話さなければ」

「彼女があんなことをしたのは夫のせいだと、まだ思っているんですか？」

「二人のあいだには緊張がある」

「そうですね」

「彼女は、夫がいつも遅くまで働いていると言ってたな」

「それから、夫が彼女に関心を持たないとほのめかしてました。夫の注意を引くためにやったのかもしれないわ」

「ディックスが言ってるように、何が二人を突き動かしているのかよくわからないんだ」

「彼もこれにかかわっていると、言いたいんですか？」

「その可能性はある。これは二人が互いに……それから我々と、プレーしているセックスゲームかもしれない」

「まあ！　私、ソドムとゴモラで奉仕と保護に励んでいるみたいな気がするわ」

「どうやら少しゲームらしくなってきたようだな。我々も影響を受けたのかもしれない。たぶん、彼女はパンティ検査事件から注意をそらすためにやったんだろう」

「それにしてはちょっと極端に走りすぎませんか」

「何らかの理由で、女子生徒への疑いと結びつく露出症のようなものがあるなら別だろう」

「あらまあ、もうわけがわかりません。どうするつもりですか？」

「彼女にここに来てもらい、手紙を見せ、何と言うか見てみよう」

「ご主人も一緒に来ますよ」

ジェッシイが肩をすくめた。

「彼にも手紙を見せよう。何と言うか」

モリイがうなずいた。それから、ジェッシイを見ながらかすかに微笑み、一人でうなずいた。ジェッシイが待った。

「ここに赴任された日以来、だんだん署長のことがよくわかるようになってきました」しばらくして彼女が言った。

「よくわかり愛するようになったんだろう。俺は警察署長だから」

「そうですね。それから、署長がベッツィ・インガソルの恥ずかしい情報を全部流してしまったもう一つの理由も知ってると思いますよ」

「何だね？」

「あの少女たちを辱めたことに対する罰でしょう」

ジェッシイが微笑した。

「署長は彼女を逮捕したりできません。だから、こういうやり方でバランスを取ったんでしょう」

「君は俺をわかっているようだな」

「ようだ？」

「いや、わかっている。ということは、俺たち浮気ができるってことかな？」

モリイが優しい笑みを浮かべた。

「いいえ」

55

コーン・オークス法律事務所の三十四階の会議室からは、港とはるか大西洋を見渡せる素晴らしい眺望が得られる。港の向こう側にはローガン空港が、ほぼ真下にはロウズ波止場に通じるアーチ道も見える。リタ・フィオーレが入ってきたので、ジェッシイは窓から振り返った。

「この景色は顧客を感動させるためなのよ」リタが言った。

「俺も感動させられたよ」

「顧客でもないのにね」

「事務所の友人だ」

リタは、サイドボードに行って二人分のコーヒーをそそぎ、会議用テーブルに脚を組んで座った。ジェッシイが彼女の脚を見て、親指を立てるしぐさをした。

「そんなつもりはないわ」

ジェッシイがニヤリとした。

「この前、この事務所のマネージング・パートナーについて話をしたが、もっと知りたい。まだ話していないことを話してくれ」

「私たちの、つかの間ではあったけど、過去の関係を利用しようとしているの？　私のボスのうわさ話をさせるために？」

「そうなんだ」

「倫理はどうなるの？」

「君は弁護士だ」

「あら、そうね。質問は撤回するわ。何を知りたいの、オフレコでしょ？」

「彼はあちこちで浮気するのか？」

「色きちよ」

「どうして知ってるんだ？」

リタがニヤッとした。

「言ってみれば、直接体験かしら」

「ほう。そうやって、シニア・パートナーになったんだ」

「プラス、見事な裁判の腕前ね」

「君は両方とも見事な腕前をしてる」

「あなたならわかるはずね」

「ベッツィは知ってるだろうか？」

「さあ」

「彼は慎重？」

「そんなことないわ」

「特別の彼女はいるのか」

「彼は、新入りの弁護士を味見する傾向があるの。今は、スタンフォードを二年前に卒業した税と信託専門のブロンドの子を相手にしているわ」

「妻のことをどう思っているんだろう？」

「耐え難いほど凡庸だって」

「俺には愛情表現とは思えないな」

「私も」

「なぜ、彼女と別れないのか知ってる？」

「彼女にあまり時間を取られないですむから。ここにおそらく十二時間いるでしょう。それから夜と週末はその日の女とプロンクする」

「プロンク？」

「女とあれをやる《プロンク》って言うでしょう？」

「プロンクか」

「だから、家にいることがあまりない。子どももいない。たぶん、家をきれいにしてくれて、シャツをクリーニング屋に持っていってくれる人がいると便利だと思っているんじゃない」

「彼女をプロンクすると思うかい？」

「奥さんのこと？　考えたことなかったわ。なぜ知りたいの？」

「彼女は家宅侵入を演じたと思うんだ」

「演じた？」

「そう」

「それで、自分の写真を撮った？」

「そう」

「つまり、事件の陰に《シェルシェ》〝男《・ロム》〟ありってこと?」

「まあ、仮説だが」

「夫の関心を引こうとしているわけ?」

「たぶんな」

「あるいは、彼が性的関心を払わないのかもしれないわね。かわいそうに。だから、彼女の裸を見たがる人もいるということを夫に示したいのかもしれない」

「たとえ変わり者でも?」

リタがニッコリした。

「変わり者でも、いないよりはいいと思う人もいるのよ」

「それは聞いたことがある」

56

「ハンナ・ウェクスラーが、今学期は夜間コースを教えていないことを知ってましたか？」モリイが言った。

「知らなかった」とジェッシイ。

「水曜ごとにセス・ラルストンを見張っていますけど、彼が動かないので、気になっていたんです」

「この前、俺とスーツが尾行しているのを知ってからは、またおとなしくしているんだと思っていた」

「大学に電話したんです。ハンナ・ウェクスラーは今学期一つも夜間コースを教えていません」

「だから、彼は出られない」

「少なくとも水曜の夜は」

「彼女が何をしているか知ってるか？　昼間教えているのか？」

「いいえ。八千回ぐらい電話しなければならなかったけど、どうも博士論文を書くために一年の休暇を取ったようですね」

「じゃあ、彼としては、彼女が定期的に家を空けるのを当てにできないわけだ」

「でしょうね」

「俺たちも当てにできないことになる」

「彼女が家で書くのか、よそでやるのか調べてみます。あるいはその両方か」

「たとえ家以外のところだとしても、それは自分で適当に決めるんだろう。いつ家に居ても、いつ早く帰宅してもおかしくない。決まった授業のように当てにはできない」

「だから、強迫観念を実行に移すには、彼は予測できないチャンスを利用するほかないわけですね」

「我々としては、一年中彼に張り付いてはいられない」ジェッシイが言った。

「我々?」

「君とスーツだ。しかし、俺は気持ちの上で君たちとずっと一緒だ」

「それはありがたいわ。でも、署長の言う通りです。もう水曜の夜の張り込みは意味がありません」

「せいぜい我々が、いや、君とスーツができることは、予想もしないような時間に適当にチェックすることだな」

「まあ、すごい確率だわ」

「もっといいやり方でも?」

「ありません」

ジェッシイが微笑した。

「二人で一週間かそこらハンナを見張って、彼女が何をするか、どこに行くか、何かパターンがあるかチェックするのはどうだ」

モリイがうなずいた。

「署長が考えているように彼が強迫観念に突き動かされているとしたら、これはきっとものすごいプレッシャーですよ」

「そうだな」

「彼はどうすると思います？」

「彼は何もできないはずだ。だから、プレッシャーがたまる。彼としては何か方法を見つけなければならないだろう」

「ずいぶん確信しているようですけど」

「強迫観念は手強いんだ」

57

ハンナ・ウェクスラーが花柄のスカートと白いTシャツを着てジェッシイのオフィスに入ってきた。大きなフープイヤリングをつけ、短いスエードのブーツをはいている。彼女らしい高級インテリの制服だ、とジェッシイは思った。

「お話があります」彼女が言った。

「わかりました」

モリイが戸口に立っている。ハンナが彼女を見た。

「お話は内密にしていただきたいのですが」

「いいですよ」

モリイが受付に戻った。

「あの人は何をしようとしていたんです？　盗み聞きですか？」

「この部屋に女性と二人きりになるときには、いつも彼女に同席するように頼んでいます」

「あら、そんなこと」

「コーヒーはいかがですか？」

「いえ、結構です」

ジェッシイはうなずくと、軽く椅子の背にもたれた。ハンナがオフィスの中を見回した。ジェッシイの銃がファイル・キャビネットの上にホルスターに入ったまま置いてあった。

「本当にあるわ、手放せない銃が」

「そうですね」

「私、警察が嫌いです」

「それは気づいてました」

「抑圧的国家の目に見える象徴」

「私がですか？」

「あなた方すべてです」

ジェッシイがうなずいた。

「まずは」ジェッシイが言った。「立ち寄ってくださって感謝します」

彼女が首を振った。

「そうじゃないんです。私……私の夫がいなくなってしまったんです」

「どういうことですか？」

「二日前、今日も入れれば三日になりますが、図書館から帰ってくると……まったく、論文作成の最中なのに」

「気が散りますね」

「あなたにはわかりませんわ」

「ええ、わかりません」

「家に帰ってくると、キッチンのテーブルにメモが置いてあったんです」

彼女はハンドバッグを開け、一枚の白いプリント用紙を取り出し、ジェッシイに渡した。

〝しばらく留守にする。探さないでくれ〟と書いてある。

ジェッシイはその紙を自分のテーブルの上に置いた。彼女が彼を見、彼が彼女を見返した。

「どう思います？」彼女がきいた。

「彼は出ていったんでしょう」

「もちろん出ていったんです。彼を見つけられますか？」

「たぶん」

「〝たぶん〟てどういうことですの？」

「警察の仕事は不確かなんです。何か考えがありますか？」

「たとえばどんな？」

「どこへ行った可能性があるかとか、なぜ行ったのかとか、〝しばらく〟とはどのくらいの期間かとか」

「ありません」

「犯罪の可能性は？」

「いいえ。でも、どうしてこんなふうに出ていったのかしら？」

「結婚生活にトラブルは？」

「ありません。もちろんです。私たちはとても幸せでした」

「フリー・スインガーズについては何か役に立ちそうなことは？」

「当然、あなたがた道徳家は、スインギングを非難したいでしょうね」

ジェッシイは、椅子の肘掛けに肘をあずけ、顎の前で指先をゆっくり叩き合わせた。

「あまり抑圧的になるつもりはありませんが、あなたがご主人を探してほしいと頼んだんですよ。そのためには質問する必要があります」

彼女はしばらく黙っていた。

「実は、私たち、スインガーズのパーティに行くのはやめました」

「いつのことです？」

「もう、数週間になります」

「はっきりした日付はわかりますか？」

「今はわかりません。私のカレンダーには書いてあります。家に帰ったらお電話してもいいですけど」

「そうしてください。ところで、なぜやめたんですか？」

「夫が興味を失ったと言ったんです。もう全部飽きてしまったと」

「それで、ご主人が行かなければあなたは行かないのですか？」

彼女が、穴居人でも観察するようにジェッシイを見た。

「まったくわかっていらっしゃらないわ」

「そうらしいですな」

「一人で行くかどうかは関係ないんです」

ジェッシイがうなずいた。

「彼は以前にも家を出たことがありますか？」

「一度もありません」

「言い争いとか、きっかけとなるようなことはなかったですか？」

「ありません」

「スインギングをやめることで言い争うことは？」

「私は言い争いとは言いません」

「では、何と？」

「私は続けたかった。彼はやめたかった。見解が相違したんです」

「怒って」

「いいえ。私たちには怒りの関係はありません」

ジェッシイがうなずいた。

「彼は何か持って出ましたか？」

「コンピューターがなくなっています」

「車は持っていますか？」

「ええ。黒のクライスラー・クロスファイア。ご存知でしょう、後ろが傾斜している車」

「ナンバープレートの番号は？」

「知りません」

「保険会社が知ってるでしょう」

「そうですね。家に帰ったら問い合わせます」

「それも教えてください」

「ナンバープレートの番号と、彼がスインギングをやめた日ですね」

「そうです。それから、クレジットカードのリスト。小切手帳は持っていますか？」

「ええ。それも持っていったと思います。私たち別々の口座を持っているんです」

「ご主人の取引銀行の名前も必要です。ご存知ならば口座番号も」

「私たち、とてもいい結婚生活を送っていたんです。セックスの相性はいいですし、二人とも研究生活が好きで、文学を愛しているんです」

ジェッシイがうなずいた。

「何事かが起きたんですな」

「もちろんです。セスがいなくなってしまったんです」

「この数週間、ご主人は人生を大きく変化させた。スインギングをやめ、あなたを置いて出ていった。何かその原因があるはずです」

「彼の身に何かが起きたのでなければ」

「そうですね」

「どうするつもりですか？」

「あなたからの情報を入手したら、彼の車を探し、クレジットカードをチェックします。どこかで小切手を現金化しているか、あるいはATMを利用しているかなど通常のことです。ご主人から連絡があったら、我々に知らせてください」

「見つかると思いますか？」

「たぶん」ジェッシイが言った。「もちろん、ご主人が自発的に出ていき、法律に違反することをしていなければ、強制的に連れ戻すことはできません」

「何があったのか、どうしても知りたいのです」ハンナが言った。

「当然ですな」ジェッシイが言った。

58

「やつはスインガー・パーティに行くのを断わった」ジェッシイが言った。「グローリア・フィッシャーに家から追い出された二日後のことだ」

彼らは詰所でコーヒーを飲んでいた。

「きっと死ぬ思いをさせられたんだわ」モリイが言った。「あの恐ろしいナイトホークともあろうものが」

「なら、なぜもっとスインギングをしたがらないんだろう」スーツが言った。

彼はドーナッツを一箱持って来ていて、一つを食べていた。ジェッシイはすでに一つ食べ終わっていた。モリイは半分に割って、その半分だけを食べた。ジェッシイが残りの半分を取った。

「わからないな」ジェッシイが言った。「やつが、なぜあんなことをするのか」

「それから二、三週間たってついにには奥さんを捨てて出ていっちゃったんでしょう」モリイが言った。

「偶然が重なったのかもしれない」

「しかし、偶然だったら、俺たちに何の役にも立ちませんよ」スーツが言った。「俺たちをどこにも導いてくれない」

「どこでその考えを仕入れた?」

「署長が二十回も教えてくれたんじゃないですか」

「ああ、そうだったな」

「いいこともあるわ。あいつのことをいろいろと突つき回る正当な理由ができたことよ。クレジットカードの記録へのアクセスとか、誰に小切手を書いたとか、あれやこれや」

「俺は、何とかやつのコンピューターを見てみたい」ジェッシイが言った。「写真があれば、捕まえられる」

「持っていかれちゃって残念ですね。やつを見つけるために、コンピューターを見るっていう正当な理由があったのに」スーツが言った。

「だから持ってったんでしょう」モリイが言った。

「やつを見つける前に、コンピューターを見つければ……」とジェッシイ。

「それを持ってきてしまえばいいわね」

「それを心に留めて探そう」

ジェッシイはドーナッツの箱の中を調べ、またシナモンシュガーを選んだ。

「モル」ジェッシイが言って、箱を前に出した。

「いりませんよ。私の手の届かないところに置いてください。ひどい人」

ジェッシイが肩をすくめ、箱をスーツのほうに押しやった。スーツはハニーディップを取って、かぶりついた。

「モル」ジェッシイが言った。「君はクレジットカード関係、小切手の当座預金口座、車の登録を担当」

「わかりました。電話をかけ始めます」

「スーツ、やつの免許証の写真を持って、地元のモーテルに当たれ。駐車場もチェックしろ」

「モリイ」スーツが言った。「ほんとにもうドーナッツはいらないの？　警察官の食い物だぜ。腰に少し肉をつけろよ」

モリイは耳に指を入れ、目を固くつぶった。

「スーツ」ジェッシイが言った。「お前はパラダイス・フリー・スインガーズとの連絡係だな。そこには会長のような者がいるのか？」

「ワイフ・スワッピングの親玉ですね。わかりません。デビーに聞きましょうか？」

「そうしてくれ」

「それで、もし親玉がいれば？」

「連中を集めて話がしたい」

「いなければ？」

ジェッシイがニヤリとした。

「連中を集めて話がしたい」

「俺の選択肢はかぎられてるみたいだ」

ジェッシイがうなずいた。

「全員を集めるんですか？」

「女だけだ」

スーツがにっこりした。

「俺も同席していいですか?」

「たぶん、モリイだ。女たちの不安を少しは和らげるだろうから」

「わかりました。どうぞ俺のドーナッツを食べてください。でも、俺が頼んだら……」

モリイがスーツを見てニヤッとした。

「どんな話をしたか教えてあげるわ。ほとんど同じことでしょう」

「そうだろうな」スーツが言った。

59

留守電のジェンの声が言った。「ジェッシイ。私よ。たぶん、まだ仕事中なのね。でもお話ししたいことがあるの」

ジェッシイは、その夜の最初の一杯を飲んでいた。

「番組は悪戦苦闘。同時配信も思っていたほどうまくいってないの。再構成を検討しているわ。ということは、私の仕事がなくなるかもしれないの」

ジェッシイは、空っぽの部屋で大きなため息をついた。ウイスキーをもう一口飲んだ。

「私怖いの、ジェッシイ。どうしたらいいかわからない。どうしてもあなたと話がしたいの。私……私、たぶん、あなたが必要なの……電話してね」

ジェッシイは手にしているウイスキーを凝視した。氷はいつもさわやかに見える。清潔な感じだ。彼は飲み干し、もう一杯作った。グラスにたっぷりの氷。二インチのスコッチ。ソーダをグラスいっぱいに注ぐ。人差し指でかき回す。

「きっとボーイフレンドが見捨てたんだ」ジェッシイが声に出して言った。

飲み物を持って、キッチンに行き、冷蔵庫の中をのぞいた。あまり入っていない。玉子二個で目玉焼きを作ってサンドイッチにでもするか。たぶん、タマネギもいれて。飲み物を取り、リビングに戻って座った。

「俺はセイフティネットだ」

おかしくもないのに笑った、そしてウイスキーを飲んだ。

「バックアップか」

また笑い、また飲んだ。

「キャリアのバックアップ」

ウイスキーを見た。

「うまくいってるときは、俺はベンチ。うまくいかなくなると、電話してくる。俺が彼女を助ける」

酒を飲んだ。

オジー・スミスの写真を見た。カウンターの上に載っている銃と警察バッジを見た。ウイスキーを飲み終わった。立ってもう一杯作った。飲み物を持って寝室に行き、ナイトテーブルの上のジェンの写真を見た。グラスで写真を指した。

「君の瞳に乾杯」

彼女を見ながらベッドに座った。

彼女が家にいればステキだろう。彼女に電話して、帰っておいで。俺が君の面倒を見よう、と言えば、かっこいいだろう。彼女がいれば、その場が豊かになる。彼女の笑いがその場を沸き立たせる。彼女の愛情は真摯に見える。彼女は美しく、おかしく、頭がいい……ジェッシイがにっこりした……いつもというわけじゃないが。もし彼女が帰ってきて、一緒に住むことになれば、二人はセックスをするだろう。ジェンとのセックスは、ほかの誰とも比較できない。しかし、ちょっと考えてみれば、彼女がすることではなく、自分がどのように感じるかの問題なのだということはわかる。

グラスは空になっていた。酒は飲めば飲むほど速く消えることに気づいた。立ち上がって、リビングに行き、また一杯作った。最近は調子が良かった。夕食前に二杯。食事のときにたぶんグラス半分のワイン。今晩はあまりよくない。

飲んだ。

電話を見た。

「お前はずっと同じことを繰り返しながら、違う結果が出ることを期待していた」ジェッシイは声に出して言った。「少し狂っているんじゃないか」

オジー・スミスの写真を見た。それから、写真に向かってグラスを上げた。

「少しばかり強迫観念にとらわれてるのかもしれないな、オズ。わかるか？」

彼はウイスキーを飲み、写真を見た。

もう二、三杯飲めば、あるいは、そんなに飲まなくても、酒の楽しみは消えてしまうだろう。あとは、別の、つまらないが飲まずにはいられない何かに変わってしまう。

「だが、まだ大丈夫」

そして、飲んだ。

電話はかけなかった。

60

「悪いがボストンに来てもらおうじゃないか」ジェイ・インガソルが、ジェッシイの都合など実は気にしていないことをわからせるような言い方で言った。

「いいですよ」ジェッシイが言った。

彼は、コーン・オークスの最上階にあるジェイ・インガソルの大きな机の向かいに座った。ベッツィ・インガソルは、夫の左側のゆったりした椅子に、ジェッシイのほうを向いて座っている。大きなオフィスだが、過度な飾り付けはない。この部屋の最も顕著な特徴が、三階下の会議室の眺望に匹敵する眺望だからだ。それと、ドアの横の壁際に置かれている大きな革のソファ。

「用件はなんだ?」ジェイがきいた。

「ナイトホークからの手紙を持ってきました。お二人がご覧になったほうがいいと思いまして」ジェッシイが言った。

ジェイ・インガソルが手を出した。

ジェッシイは手紙のコピーをブリーフケースから取り出し、インガソルに渡した。もう一枚取り出し、ベッツィに渡そうとした。インガソルが片手を上げた。

「私が読む」

ジェッシイはコピーを持ったまま待った。

インガソルは手紙を注意深く読んだ。顔が厳しくなったようだが、ほかは何も変化しなかった。読み終わると顔を上げてジェッシイを見た。

「これが信じられるかね？」彼がジェッシイにきいた。

「あなたは？」

「何が書いてあるんです？」ベッツィが口を挟んだ。

「君のことだ」ジェイが言った。

「それなら、私も見たほうがいいんじゃないの」

ジェッシイが彼女にコピーを渡した。

「何も言うな」ジェイが釘をさした。

彼女はゆっくり読んだ。読み進むにつれ、顔が赤くなった。読み終わると、しばらく手紙を見つめ、それからジェッシイを見た。

「当然、あの男ならこういう言いわけをするんでしょう。変態の犯罪者なんですから。認めるはずはありませんわ」

「ベッツィ」インガソルが言った。「黙ってなさい」

「あなたは、私がこれをでっち上げたとでも思っているの？」

「ベッツィ」インガソルが鋭く言った。

「実は、奥さん、私はあなたがでっち上げたと思ってます」

「ベッツィ」ジェイ・インガソルが言った。「彼は、君が警察に嘘の届け出をしたと言ってるんだ。

それは犯罪だよ。もう君の弁護士に話をさせるべきだ」

「冗談じゃないわ。私がここに座って侮辱されるのを待ってるなんて、ふざけないでよ」

「彼は君を侮辱しているわけじゃない、ベッツィ。君の弁護士がいるところで君に質問しているんだ」

「それなら、別の弁護士を要求するわ。あなたにはもううんざりよ」

「ナイトホークは、定期的に私に手紙を書いてきます」ジェッシイが言った。「どの手紙でも自分がやったことを自慢していますが、この手紙では否定してます。彼は一度も被害者に触れていません。しかし、あなたの話では、あなたを殴り倒し、むりやり縛りつけました。この手紙で彼はそれを否定しています。これまで送ってきた手紙はすべて真実を語っているんです」

「どうしてそれが彼のだとわかるんです？」ベッツィがきいた。

「今では彼の声がわかります。ほかの誰が書くというんです、それに、どんな理由で？」

インガソルが立ち上がった。

「この話し合いは終わったと思う、ストーン署長」

「あなたは、私より彼の言葉を信じるのですか？」ベッツィが抗議した。「校長ですよ？」

「しかし、あなたの校長としての記録には、汚点がないわけではありません」とジェッシイ。

「もう十分だ」インガソルが言った。「この会見は終わった」

「奥さんがさっき、あなたは彼女の弁護士ではないとおっしゃいましたが」

「戯言だ。私は、彼女の夫でもある」

「夫としてなら、あなたにはこの会見をやめさせる資格はありません」

「何が汚点だっていうの？」ベッツィが言った。

「パンティ検査行為は、いささかおかしかった」

「ベッツィ」インガソルが言った。

ベッツィがジェッシイのほうに身を乗り出していた。両肩を丸め、両手をきつく握っている。

「おかしい？　献身的な教育者が自分の責務を大事に思い、あの少女たちが成人したときにふしだらな女にならないように努めることがおかしいのですか？」

「ベッツィ」インガソルが懇願した。「どうか、どうか、どうか、どうか黙っててくれ。君のためでなくても、私のために」

「あなたのために？」

「私の評判だ」

「あなたの評判？　あなたの評判。あなたの評判こそふしだらよ。私はここに座ってあのソファを見て、あなたはいったい何人のかわいいロー・スクール出の売春婦と、あそこでいちゃついていたのかと思ってるのよ」

インガソルはしばらく彼女を凝視していた。

それから「くそ。首をつれ」と言い放つと、オフィスから出ていった。

彼女が、出ていく彼に向かって金切り声を上げた。

「浮気者！」

ジェッシイは黙って座っていた。

ベッツィが静かに言った。「浮気者」

独り言を言っているようだった。

「あなたが家宅侵入を装ったのはご主人のせいですね？」

「あの人、気にもしませんでした。何が起きたのか知ったとき、彼が何と言ったかわかります?」

「教えてください」

「〝その写真が出回ったら、俺が笑われる〟って」

彼女の話し方には夢を見ているようなところがあった。

「ご主人は、写真が偽物だとご存知でしたか?」

「いいえ。本物だと思っていました」

「それなのに、気にしなかった」

「ええ。聞こうともしなかった。私が警察に電話したので怒っているようでした」

「辛かったでしょうな」

ベッツィがぼんやりとうなずいた。

「首をつれ」彼女がつぶやいた。

ジェッシイによりも自分に話しかけているように見えた。

「わかったわ。私たち二人の首をつってやる。あの人、どう思うかしら」

ジェッシイがうなずいた。ベッツィが深く息を吸った。

「彼を知った時から、ずっと裏切られてきました」

話しているうちに、彼女の頬に涙が流れた。

「結婚したとき、彼にはうわさがありました」

彼女の声は落ち着いてソフトだった。

「でも、彼はハンサムだし、大勢の女と付き合ってきた男が私を選んでくれたと思って、私は無邪気に喜びました。愛だと思ったんです」

「なるほど、そうですね」

「彼は変わると思いました」

「だが、変わらなかった」

「私が何をしても」

涙が溢れ出てきた。「私が何をやっても、どんなに努力しても。ああ、私は愚かでした」

「たぶん、そうではないでしょう」

「私はあらゆることをやってみました。セックスの本を読みました。セクシーな下着を買いました。ほんとに一生懸命やったんです」

彼女が茫然自失の状態から抜け出たかのように、突然ジェッシイを見た。

「彼は私の下着を見て笑ったんです」

「ひどいことだ」

「しばらくはセラピストにも通いました。私の何が悪いのかと思って」

ジェッシイがうなずいた。

「ご主人はあの学校の事件に不愉快な思いをしたにちがいない」

「私は何も悪いことはしていません」

「しかし、彼の評判……」

彼女がうなずいた。

「とても怒っていました」

「そこで、町がナイトホークの話題でもちきりになったとき、あなたは考えた。たぶん、学校の事件に対する市民の関心をそらし、ご主人の同情も得られるだろうと」

「私は、あの人が〝よかった、よかった、君が怪我をしなくて〟みたいなことを言ってくれるだろうと期待してました」

「でも、言わなかった」

彼女はゆっくりと頭を振った。

「ええ、言いませんでした」

「あなたは写真が必要なことは知っていた。誰でも知ってますから」

「ええ。タイマーを使って撮りました」

「うまく撮れてますね。しかし、あなたは、犯人の手口を知らなかった。私たちが秘密にしておいたからです。犯人が被害者の誰にも触ってないことや、私への手紙が特殊なものであった事実などですね」

「ええ、知りませんでした。写真については知ってました」

「この計画で良かったところは、もしうまくいかず、捕まったら、少なくともご主人も苦しむ点だ」

「そんなふうには考えませんでした」

ジェッシイがうなずいた。

「何もかも考えにいれることはできませんからね。明日私のオフィスに来て、供述書を書いてもらえますか？」

「あの人、ひきつけを起こしますわ」

「だから？」

「もちろん、書きます」

「ありがとうございます」

「私、深刻な事態になっているのでしょうか？」

「それほどでもありません」

「刑務所に行かなければなりませんか？」

「それはないでしょう」

「起訴しますか？」

「わかりません。考えてみなければならないので」

「ご親切ありがとう」

「どういたしまして」

「帰ってもよろしいですか」

「どうぞ。そこまでお送りしましょう」

二人は立ち上がった。ジェッシイが彼女の腕をとり、二人はソファを通り過ぎてドアまで行った。

「私の写真をご覧になりました？」

「はい」

「魅力がないわけではないと思います」

「非常に魅力的ですよ」

「私が服を脱ぐところを見たかったですか？」

「ええ」

「あの人は見ようともしないんです」

「彼が何をしようと、あるいは、何をしなくても、それはあなたのせいではありません」

「どういうことですか？」

「彼が女と遊び歩く理由は、あなたにない。彼にあるんです」

「ずいぶん確信があるようですね。どうしておわかりなの？」

ジェッシイが彼女を見てニッコリした。

「私は警察署長ですからね」彼はそう言って、ドアを開けた。

61

ジェッシイは、朝、サニー・ランドルに電話をかけた。

「まだあの精神科医にかかっているんだろう？」

「ドクター・シルヴァマンね。ええ、そうよ」

「なら、いい医者だとまだ思っているわけだね？」

「とってもいい医者よ」

「そうか。彼女に見てもらいたい人がいるかもしれないんだ。新しい患者を取るかな？」

「きいてみるわ」

「彼女のファーストネームは？」

「スーザンよ。スーザン・シルヴァマン」

ジェッシイが名前を書き留めた。

「電話番号と住所はわかるか？」

サニーが両方とも教えてくれた。彼はそれも書き留めた。

「いつ？」ジェッシイがきいた。

「いつ私がきくかってこと？　今日。十時に会うから、十一時頃答えをあげられるわ」

「よかった。女性の名前はベッツィ・インガソルだ」

「パンティのぞきの先生？」

「そうだ」

「ナイトホークの最近の被害者」

「まあね」

「まあね？」

「彼女の狂言だった」

「狂言？　なぜ彼女を精神科医にやりたいの？」

「みんな行ってるからな」

「そういえば、なぜディックスにしないの？」

「関係が近すぎる。ディックスは、俺に心理療法を施しながら、俺が警官としてかかわっている者を引き受けたりしないだろう」

「当然ね。バカな質問だったわ。彼女はなぜ狂言を？」

「たぶん、夫の関心を引くためだ。別の理由があるかもしれないが」

サニーはしばらく黙っていた。

それから言った。「プレッシャーをかけるつもりね」

「そう思うかい？」

「警察への虚偽の届け出で逮捕されるか、精神科医にかかるかの選択を迫る」

「その通り」

「あなたっていい人よ。でも、そんなにいい人かしら。彼女、あなたの心を打ったのね」

「そうなんだ」

「それについては私と話したくないんでしょう」

「今はね」

「でも、ジェンと関係があるんだわ」

「知ったかぶりはやめてくれ」

「そんなの考えるまでもないでしょ。すべてジェンに関係があるんだから」

「変わるものもある」ジェッシイが言った。

「でも、変わらないものもあるわ」サニーが言った。「ドクター・シルヴァマンに会ったら電話するわね」

62

昼食後、スーツとモリイがベッツィ・インガソルを伴って入ってきた。彼女は地味な紺色のワンピースにローヒールの黒い靴を履いていた。それに、パールのネックレスとイヤリング。完璧な企業夫人のように見えた。

「ご主人は一緒ですか？」彼女が腰をかけたとき、ジェッシイがきいた。

「いいえ。昨晩は帰ってきませんでした」

「それは異常なことですか？」

「いいえ」

「この会話をテープに録る必要があります」

「結構です。でも、あなたと私だけにしてもらえますか？」

「もちろんです」

モリイとスーツが部屋を出てドアを閉めた。ジェッシイがテープレコーダーのスイッチを入れた。

「私はパラダイス警察のジェッシイ・ストーン署長。この訊問はパラダイス警察本部の私のオフィスで執り行なわれる。訊問を受ける者はベッツィ・インガソル。準備はできましたか、ベッツィ？」

「誰を呼ぶべきかわからなかったり、費用がない場合には、こちらで弁護士をつけることができます」

「弁護士にはほとほと愛想が尽きています」

「弁護士をつける権利はありますが」

「いいえ」

「弁護士をお望みですか？」

「できました」

「私の権利を読んでいるのですね」

「記録のためです。弁護士をつける権利を放棄しますか？」

「はい、放棄します」

「わかりました。それでは、昨夜ご主人のオフィスで話したことを話してください」

彼女は、まるで口頭による報告でもしているかのような話し振りだった。しゃべっているあいだ、ジェッシイの顔を見なかった。ジェッシイの右手の壁の一点を選んだようだ。しゃべっているあいだそこを凝視していた。彼女は用意周到だったから、ジェッシイが彼女を急かす必要はなかった。話し終わると、壁からジェッシイに目を移しニッコリして、膝の上に両手を組んで黙って座った。ジェッシイは身体を前に倒してテープレコーダーのスイッチを切った。

「ありがとうございました」

「私をどうなさいますか？」

「あなた次第です」

「どのように？」

「非常に優秀で推薦に値する心理療法の専門家の名前を知っています。そこに行ってもらいたい。電話で予約をとれば、あなたを見てくれることになっています」

「あなたは私が狂っていると思うんですか?」

「あなたは狂ったことをしたんです」

「私は狂ってなんかいません」

「それほどは。しかし、ご主人との関係を解決するのに助けが必要だと思います」

「もし断わったら?」

「おそらく刑務所に入ってもらうことになります」

「では、その二つが私の選択肢ですね。あなたが勧めるくだらない精神科医に会うか、あなたに逮捕されるか」

「そんなところですね」

「あなたってとっても残酷ね」

「本来なら精神科医の選択肢を与える必要などないんです」

彼女は再びジェッシイの右手の壁の一点に目を移し、座った。ジェッシイも一緒に座った。

しばらくして、彼女がため息をついて言った。「彼の名前は?」

「彼女です。名前は、ドクター・スーザン・シルヴァマン」

「あなたのお友達ですか?」

「私は会ったことがありません。友人が彼女にかかっています。それから、私の精神科医も強く勧めています」

「あなたも精神科医にかかっているの?」

「ええ、かかっています」

ベッツィはじっと壁を見ていた。

「どのくらいの頻度で通わなければならないんですか?」

「あなたと彼女で決めればいい。しかし、少なくとも一年間は通わなければいけません」

「一年?」

「そうです」

「彼女が一年に何回か決めるのですか?」

「あなたと彼女です」

「では、私に来させれば来させるほど、彼女は儲かるわけですね」

「この条件をのむかのまないか、二つに一つです」

「どうして私を放っておけないのです?」

「あなたを放っておくことはできません。あなたには助けが必要です」

彼女が泣き始めた。ジェッシイは待った。喘ぎ、息を切らして本当に泣いている。やがて、彼女は落ち着きを取り戻し話せるようになった。

「あなたは私を助けようとしている」

ジェッシイがうなずいた。

「そんなことをしてくれたのは、あなただけかもしれません」

ジェッシイがうなずいた。

「精神科医に会います」ベッツィが言った。

63

ジェッシイは手紙のコピーを二部作って、オリジナルを証拠ファイルにしまった。モリイが入ってくると、一枚を彼女に渡し、もう一枚は自分用にとっておいた。

二人は一緒に読んだ。

やあ、ジェッシイ。

君はあきらめない。それは認めよう。君はスインガーズと楽しいひと時を過ごすはずだ。愉快なグループだからな。おそらく、君は、スインガーズの話を聞きに行くことを俺がどうして知っているのかと思っているだろう。連絡を保っているとだけ言っておこう。一つ確かなことは、スインガーズのグループと話をするとき、君はきっと俺への包囲網を狭めている。あるいは、狭めていると思っているということだ。たぶん、いつの日か、君は俺を捕まえるだろう。しかし、そうなったとしても、捕まえるのは君じゃない。君がただぼんやり突っ立っているあいだに、私の昔からの友人ミスター・強迫観念《オブセッション》が私を警察に突き出すことになる。精神科医の中には、おそらく、私が自分の病状を具体化し、ミスター・O《オー》と呼ぶことによって客観化しているという者もいるだろう。君は心理学を少しでも知ってるかね、ジェッシイ？　精神科医は、今みたいなこと……役にも立たない戯言を……山ほど言うんだ。君は、ミスター・Oが一年中君の胸に居座っているとどんな感じがするか、わかるかね？　たぶん、わからないだろうな。囚人になったような気分なんだよ。私はここに座ってコンピューターの写真を見ている。そして見れば見るほど、見足りなくなる。ミスター・Oには新しい肉が必要なんだ。おかしな話だろう？　写真はみんな同じように見える。どれも同じ秘密を持っている。しかし、ミスター・Oは、その秘密を何度でも、何度でも発見する必要がある。それを根拠に私はやり続ける。そして、やり続けているうちに、たぶん、君はいつか私を捕えるだろう。まさに最低だ、わかるだろう？　私は自分のしていることで自分を憎んでいる。しかし、それをしないと……しなければならないのだ。君が食べたり飲んだりするように。ミスター・Oにはそれが必要なのだ。しかし、ミスター・Oは、私が彼女らに触れることを許そうとしない。それはおかしなことなのか？　だから、妻と私はスインガーズに入った。我々は、入る前の三年間セックスをしていなかったと思う。彼女を見ると興奮した。しかし、実際に触るとなると、私はできなかった。事実、スインガーのパーティでも誰ともセックスをしなかった。しかし、ミスター・Oはなかなか賢いやつだから、みんなは知らなかったと思う。実は、この手紙をなぜ書いているのか、私にはわからないのだ。君は田舎の警察官で、おそらく、フロイトのことをある種のヘロインだと考えているだろう。しかし、私たちは戦友のようなものだ。わかるかな？　私たちは仲間なのだ。私がリードし、君がついてくるダンスをしているのだ。音楽が終わったときにどうなるか楽しみだな。

「やつは自分が何者か教えてくれている」ジェッシイが言った。

「私たちはもう知ってますよ」モリイが言った。

「しかし、知ってもらいたいのだ。確実に」

「それなら、なぜ〝私の名前はセス・ラルストン〟と言わないのかしら」

ジェッシイがかぶりを振った。

「そうしたら、もうナイトホークではなくなってしまう。これを前戯と考えてみるんだ」

モリイがうなずいた。

「スインガーズと会うことは？」

「またも前戯だ」

モリイが顔をしかめ、それから微笑した。

「署長はあいつに聞いてほしいことを話すんですね」

「常にプレッシャーを与えるようにする。やつがどこかでうずくまったままだと、捕まえられないからな」

「署長に捕まえてもらいたいのかしら？」

「もらいたいのと、もらいたくないのと両方だろう。俺は〝もらいたい〟ほうに全力を注ぐつもりだ」

「話し合いのことはどうやって知ったのかしら？」

「おそらく、妻だろう」

「ということは、彼女はあいつがどこにいるか知っている」

「あるいは、彼が彼女に電話を入れている」

「何だかあいつが気の毒な気がするわ、奇妙だけれど」

「わかるよ」

「それから奥さんも」

「ああ」

「彼女ともう一度話をしたほうがいいでしょうね」

「そうだな」

　モリイが手紙を見ながら微笑んだ。

「そうして、ダンスは続くのね」

64

ジェッシイとモリイは、パラダイス・ネックの海に面した、大きなグレイのこけら葺きの家の広々としたアトリウムでフリー・スインガーズのメンバーと会った。ジェッシイはその部屋で唯一の男性だった。夫は誰一人出席していない。ハンナ・ウェクスラーはいたが、キンバリー・クラークは来ていなかった。ジェッシイは海を背に、長い部屋の中央に立った。モリイは、彼の近くの揺り椅子に座った。ほかの者はみな、彼を取り囲むように大きな半円形に作った。

「おいでいただきありがとうございます」ジェッシイが言った。「ミセス・スティーヴンスには、この場所をご提供いただき感謝申し上げる」

誰も何も言わなかった。

「私は、警察署長として、また、男として、犯罪にかかわらないかぎり、同意した成人の私的行動にとやかく言うものではありません。しかし、私は今犯罪者を探しています。そして、あなた方は私を助けてくださるユニークな立場におられます」

女たちは黙って座っている。きちんとした服装。たくさんの花柄。ジェッシイは、カブ・スカウトの女性指導者《デンマザー》たちのグループに向かって話をしているような錯覚をおぼえた。

「ナイトホークのことはお聞きになっていると思います。彼の行為は基本的にのぞきです。つまり、見るけれど、触らない」

「あの校長の件は？」一人の女がきいた。

声がしわがれていた。彼女はあとから咳払いをした。

「我々は、異なった人物だと考えています」

「模倣犯ですか？」その女が言った。

「たぶん。しかし、私は、ナイトホークはあなた方のようなグループに惹かれるかもしれないと、思ったのです。ですから、グループの活動中に見ているだけで触れない人がいたら、教えていただければ助かります」

全員が黙ってジェッシイを見ている。ジェッシイは待った。

「それは許されていません」ようやく一人の女が言った。

「あなたにはわかるんですか？」ジェッシイがきいた。「誰が誰と何をしているか、いつもわかりますか？」

またもや沈黙が訪れた。それから、数人の女が首を横に振り始めた。

「わからないんですね」

先ほど咳払いをした女が、再び咳払いをして言った。「ええ」

「では、クレイン署員が紙と鉛筆をお渡しします。皆さんには、関係した人で、見る以外には何もしなかった人がいたら、その人の名前をリストアップしていただきます」

「私たちのグループにその男がいると考えているのですか？」一人の女がきいた。

「はい、そうです」

「誰ですか？」

「言えません」

「なぜそう考えるのですか？」その女が言った。「おそらく、私たちが因習にとらわれていないからではないですか？」

彼女は大柄の黒髪の女だった。長い髪を三つ編みにしている。

「我々には証拠があります」

「私たちのやっていることをどう思います？」三つ編みの女がきいた。

「法に触れていないと思います」

「あなたもやりますか？」

ジェッシイは黙って考えた。

「いいえ」しばらくして言った。「たぶん、やりません」

「まあ、もったいない」しわがれ声の女が言った。

女がみんな笑った。モリイも。

「紙に署名をしなければなりませんか？」誰かがきいた。

「いいえ。それから、そういう人に会ったことがなければ、何も書かないで結構です」

モリイが紙と鉛筆を配った。

大きな色のかかったメガネの女が手を挙げた。

「質問があります」

ジェッシイが彼女を向いてうなずいた。

「鉛筆はもらってもいいですか？」

女たちがくすくす笑った。ジェッシイが大きく笑った。

「どうぞ。よかったら、交換してください」

女たちが再びくすくす笑った。ほとんどの女が書いた。

「もし写真を撮った男がいたら、その、何もやらずにですな、その男の名前もお願いします」

「写真は禁止です」ポニーテールの女が言った。

「何でもこっそりやれるものですよ」

数人の女が肩をすくめた。みんな曖昧な顔をしている。書き終わると、モリイが半円形に沿って歩き、紙を回収した。ジェッシイは、渡された紙を上着の脇ポケットに滑り込ませた。

「ほかに何かおっしゃりたい方は？」彼が言った。

半円形の一番端の席からハンナ・ウェクスラーが言った。「これは魔女狩りだと思いますわ」

数人の女が彼女を見たが、口を開く者はいなかった。ジェッシイがうなずいた。

「ほかには？」

「あなたとクレイン巡査は、私たちの次の集まりにいらっしゃいますか？」大きなメガネをかけた女が言った。

「警察として呼ばれればですな」ジェッシイが答えた。

「覚えておくわ」彼女が言った。

65

ハンナ・ウェクスラーがジェッシイのオフィスに入ってきて椅子に座った。モリイが彼女のあとから戸口に現われ、眉毛を上げた。ジェッシイがかすかに首を振った。

「ひどい人ね。私の夫がナイトホークだと思っているんでしょう」

「ええ、思っています」ジェッシイが答えた。

「私にはわかっていたわ。あなたがいつか私たちに不利になるようなフリー・スインガーズの利用法を見つけるだろうってことぐらい。警官はどこまでいっても警官ね」

ジェッシイが言った。「あなたにぶしつけな質問をしなくてはならない」

「あなたなんてクズよ。ぶしつけでなくたって」

「答えていただく必要がある質問です。ご主人とセックスをしてからどのくらいになりますか？」

「まあ、どうしようもない人ね」

「どのくらいですか？」

「あなたになんか関係ありません」

「実は、あるんですよ」

ジェッシイは引き出しからナイトホークの手紙を取り出し、彼女に渡した。

ハンナは、まるでジェッシイが彼女を罠にかけようとしていると疑うように、手紙を注意深く読んだ。読み終わると、彼女の顔が赤くなってきた。しかし、顎を引き、もう一度注意深く読んだ。終わると、手紙をジェッシイの机の上に置き、椅子に深く座り直した。手紙は机の上で曲がっていた。彼女は身体を乗り出し、机の端に沿わせて手紙を真っすぐに直した。ジェッシイを凝視した。

「昨日、スインガーのご婦人方から、見ているだけで触れようとしない男の名前を七つもらいました」

ハンナは彼を凝視し続けた。

「七つの名前はすべてセス・ラルストンでした」

彼女はまだ彼を凝視している。口を一直線に引き結び、顔を紅潮させている。

「モリイに、集まりに出席していたあなた以外のすべての女性に電話させました。そして、セス・ラルストンが触れたことがあるか一人一人にききました。答えは全員がノーです」

彼女の肩が丸まり、首が細くなったように見えた。

「あなたはこの三年間ご主人とセックスをしましたか?」

ハンナが突然、低い耳障りな叫び声をあげ、椅子に座ったまま身体を二つに折って、膝を抱え、身体を前後に揺らし始めた。そのうち彼女の叫びは、絶え間ない号泣に変わった。モリイが戸口に現われた。ジェッシイが手を挙げ、そこにいるようにとうなずいた。号泣と揺れは続いた。モリイが入ってきて、ハンナの隣の椅子に座り、ハンナの肩に腕を回した。ハンナがぎこちなく振り向き、モリイの肩に顔を押し付けた。モリイが彼女の髪を撫でた。ハンナがうめいた。ジェッシイは、机の後ろで腕を組み黙っていた。しばらくかかった。やがて彼女は落ち着きを取り戻し、上体を起こした。ジェッシイがクリネックスの箱を向こうに押しやった。彼女が一枚取って鼻をかみ、もう一枚取って涙を拭いた。ジェッシイがくずかごを差し出すと、彼女は使ったクリネックスを捨てた。予備のためか、箱から新しいのを取った。長い距離を走ってきたかのような呼吸をしている。

やっと言った。「すみません」

「私もすまなかった」ジェッシイが言った。「あなたはご主人と三年間セックスをしなかったんですね？」

「少なくともそれくらいは。それ以前も、良くなかったんです」

彼女はモリーを見た。

「必死でした……彼にできるようになってもらうために」

モリイがうなずいた。

「でも、彼がしたかったのは、見て写真を撮るだけだったんです。彼のコンピューターの中には、私のヌード写真が五百枚はあるはずです」

ジェッシイがうなずいた。

「だから私たちはスインガーズに入ったのです。そこで私はセックスができます。私は結婚を裏切りたくなかった。でも、セックスが好きなんです。必要なんです。彼も、結婚を裏切らずに得るものがあった」

ジェッシイが再びうなずいた。

「ご主人がナイトホークかもしれないとは思いませんでしたか？」

彼女が首を振った。

「せいぜい〝あら、セスと同じ問題をかかえた男がいるわ〟と思ったくらいです。それから〝よかった、セスにはスインガーがある〟と」

「いずれにせよ、自分の夫があんなことをするとは、なかなか考えられないものです」

「でも、あの人はやったんです。やったんです、やったんです、やったんです」

「私たちが集まりを持つと彼に言ったのは、あなたですね」

「ええ。ときどき自分の携帯電話からかけてくるんです。ぎくしゃくしてて、私は会話を成り立たせようとがんばっているんです」

「集まりがあることは話したのですね」

「ええ」

「この会話は話すつもりですか？」

「いいえ。あの嫌らしい変態。どうして私にこんな仕打ちができるの。私は一生懸命にやった。ほんとに、一生懸命だった。これがうまくいくようにと、どんなに願ったことか」

「ご主人を愛しているのですね？」モリイが言った。

「彼が担当した女子大学院生の半分は彼に恋していました。文芸に通じた男らしい冒険家。みんな、彼をヘミングウェイと思い、彼はそれを助長しました。サファリ・ジャケット、パイロット用メガネ。髭をはやしたことさえありました」

「そして、あなたが彼を手に入れた」

「あのときは、〝やったね、ラッキー〟でしたわ」

「お願いがあるんだが」ジェッシイが言った。「今度ご主人から電話があったら、今日の話し合いのことを伝えてください。彼に、あなたが知っていること、そして私が知っていることを、知ってもらいたいんです」

「もうあの人とは話せません。吐きたくなるわ」

「この事件を解決する助けになるのです。彼はまだ誰も傷つけていませんが、その可能性はある。それから、見込み違いをして、誰かの夫に捕まれば、殺されるかもしれない」

「かまうもんですか。私にこんなことをしておいて？　くたばればいいのよ」

「ご主人が精神的ショックを与えるかもしれない女たちのことを考えてください。ご主人を殺して、生涯それをかかえて生きていかなければならないかもしれない夫のことを考えてください」

彼女は、謎をかけられたかのように、しばらくジェッシイを見ていた。

それから言った。「そんなふうに考えたこともなかったわ」

「ご主人に私たちが知っていることを十分に話してください」

ハンナがうなずいた。

「これからいったいどうやって論文を書けばいいのかしら？」

66

「ママがお礼の手紙を書くようにって言ったの」ミッシー・クラークがジェッシイのオフィスに入ってきて言った。「でも、私、〝そんなの嫌。何て書いたらいいかもわからない〟と思ったの。だから、会いに来ちゃった」

「よし」ジェッシイは言って、椅子を指し示した。

「私、署長さんのことちゃんとわかっていたわ。いい人ね」

「そうだよ」

「学校で署長さんを見たとき、〝あの人はいい人だ〟って思ったの」

ジェッシイが微笑した。

「そして、君の判断は正しかった」

「署長さんはわかってないわ」

「わかってるさ」

「ママとパパが離婚するの」

ジェッシイがうなずいた。

「もうワイフ・スワッピングはしない。ママが約束したわ」

「弟さんは元気かな?」

「めちゃくちゃになっちゃったけど、ママが、治るって」

ジェッシイがうなずいた。

「それで君は?」

「私は大丈夫。パパが近づいてこないかぎり」

「近づいてこないさ」

「もし来たら?」

「私に言いにきなさい」

「そうします」

「なぜ?」

「警察署長だから」

「その通り」

「ミセス・インガソルはもう校長先生じゃなくなるんですって」

「休暇を取ったんじゃないのかな」

「それから、離婚するって聞いたわ」

「私も聞いた」

「誰かがほんとうに服を脱がせて写真を撮ったの?」

「そうだよ」

「ナイトホークだったの?」

「警察の極秘情報だ」

「チェッ」

「私を誰だと思ってる?」

「わかってるわよ。警察署長さんでしょ」

ジェッシイが頭を傾けた。

「でも、とにかく私は署長さんが好きよ」

「ありがとう」

「なぜ、あんなおばさんなのにインガソルの裸の写真が見たいなんて人がいるのかしら?」

「人によって好みは違うんだ」

「どっちにしたって、反吐が出そうだと思うわ」

ジェッシイは意見を言わなかった。

「署長さんは、彼女が服を脱いだところを見たい?」

「私は、彼女が魅力的でないとは思わないね」

「でも、見たい?」

ジェッシイが微笑した。

「私の役目は奉仕し、保護することなんだ。好き嫌いはない」

「私のパパは好き?」

ジェッシイは再び微笑した。

「いや」

「ほらね」

「君は好きなの？」

「好きじゃないと思うわ。好きになるべきなんでしょう。だって、私のパパなんだから。パパは愛さなきゃいけないのよ」

「正しいか間違っているかの問題ではないんだ。君はお父さんを決めることはできない。しかし、お父さんについてどう感じるかを決める権利はある」

彼女がうなずいた。

「パパを愛してないんだから、しかたないんだ」

「そんなに簡単なことじゃないかもしれない。しかし、今のところ、それが現実だ。だが、それは君のせいではない」

彼女はうなずいた。二人はしばらく黙って座っていた。

それからミッシーが言った。「あのう、お礼を言いたかっただけなの」

「どういたしまして」

彼女は立ち上がりドアのところに行くと、立ち止まってジェッシイを見た。彼は待った。

「私、ちょっと怖いの。つまりね、パパはいなくなった。ママは今までとは違った人になるって言ってる。弟は変だし。これからどうなるかわからないの」

「私がここにいる。いつでも来なさい」

彼女はうなずいた。もっと何か言いたそうに見えたが、言わなかった。ただ彼に向かって微笑むと部屋から出ていった。

67

ジェッシイのおせっかい野郎

鼻が高いか？　私のことを知ってると思っているからか？　誰も本当は私のことを知らないのに。私でさえ自分が誰だかわからないのだ。私は私なのか？　ミスター・Oなのか？　それとも同時に二人の人間なのか？　君は解明できるかね、ジェッシイ？　おそらく、解明しなければならないだろう。君は、妻に私のことをしゃべる筋合いはなかったんだ。妻は、君が私の手紙を見せてくれたと言った。もう二度と私と話をしたくないと言った。成功すると寂しいもんだろうな、ジェッシイ？　スインガーズのメンバーは？　彼らはうわさ話に花を咲かせるだろう。メモを交換し、私が誰か答えを出すだろう。そして町中に知れ渡るだろう。私の人生は破滅する。仕事は首になり、どこに行っても新しい仕事は見つからないだろう。学会は閉ざされたクラブだからな。ミスター・Oの話は私の行く先々について回るだろう。私がやらなければならないことは、わかっている。ミスター・Oを連れて町を出て、やり直すのだ。名前を変えよう。プロのハンターになるかもしれない。あるいは、人々をロバの背に乗せてグランドキャニオンに連れていくかもしれない。君は私が誰だか知っている。しかし、私を見つけることはできない。しかも、私は消えようとしているのだ。速く動いたほうがいいぞ。ちょっと助けてやろうか。消えてしまう前に、もう一つ秘密を暴露し、写真を撮り、君に送ろう。それが誰かわかったとき、君は驚くだろう。ヒントだ。その女は君に近しい！！！だから、我が友よ、警戒しろ。これが君の最後のチャンスだ……それから、映画のように言ってやろう、生け捕りにされてたまるか！

ナイトホーク

68

ジェッシイは、モリイとスーツと一緒に自分のオフィスにいた。ドアは閉まっている。

「セス・ラルストンがどこにいるか、手掛かりはあったか？」

「まだ見つかっていません。車もどこにあるかわかりません。モルの話だと、ベイ・ステート・モールのATMで五百ドル引き出し、ケンブリッジのホテルのロビーでさらに五百ドル引き出しています」

「それだけか？」

「それだけです」

「ハイウエー近くのモールとか、ケンブリッジのホテルのロビーとか」

「それで何かわかりますか？」

「やつが車を持っているということだけだな」

「それは、もうわかってました」

「ナンバープレートの番号は電話連絡してあるな」

「もちろん」

「モル？」ジェッシイが言った。「ほかに付け加えることは？」

「ありません。クレジットカードは使ってない。二つのATM以外に銀行も使ってない。ほかに現金を引き出していないし、小切手も書いてない」

「もっと簡単に捕まると思っていたが」

「彼もよく考えているようですね」

「頭のいいやつだ」スーツが言った。

「教授にしては」とジェッシイ。

彼は、ナイトホークから来た最後の手紙のコピーを渡した。

「何だよ、こいつ、狂ってるんじゃないか」スーツが言った。

「この署長に近しい人って誰だかわかりました？」モリイがきいた。「ジェンのことを知ってるかしら？」

「知りようがないだろう」ジェッシイが言った。「たとえ知っていたとしても、彼女がどこにいるか、どうしてわかる？　まったく、俺だってどこにいるか知らないんだ」

「署長はまたサニー・ランドルと会ってますよね」スーツが言った。

「二、三回、〈グレイ・ガル〉でな。もしサニーなら、やつは、そこにいる俺たちを見て、彼女が何者かを調べ、どこに住んでいるか突き止めなければならなかったはずだ。むずかしいだろうな」

「私も、そう思います」とモリイが言った。

「ミセス・インガソルは？」スーツが言った。「やつはたぶん怒ってる。とにかく、やってないのにやったと言われたんだから」

「可能性はある」とジェッシイ。

「マーシイ・キャンブルだとサニー・ランドルよりもっと可能性がないですよね」モリイが言った。

「そうだな」

「何か考えがありますか？」

「俺が考えた仮説はこうだ。仮に君がナイトホークのセスだとする。署長だという以外に俺のことをあまり知らず、俺のことを観察したり、聞き回ったり、まあそんなことを始めたとする。最高の頻度で最も近しく俺とかかわっているのは、どんな女か？」

「リタ・フィオーレのはずはない」スーツが言った。

ジェッシイが首を振った。

モリイとスーツが考えているあいだ、彼は黙って待っていた。二人とも誰も思いつかなかった。

「必ずしも男女関係にある女の必要はない」ジェッシイが言った。「俺が最も多くの時間を一緒に過ごす女は誰か」

「私」モリイが言った。

スーツが彼女を見、振り返ってジェッシイを見た。

「モリイですか？」

「それが俺の立てた仮説だ」

「私もそう思います」モリイが言った。

無意識に、スーツの手が銃の台尻に軽く置かれた。

「やつは本当にモリイを襲うと思いますか？」

「彼女はしょっちゅう私と一緒だ。女だ。秘密がある」

「それに、極め付きの美人」モリイが言った。

スーツがたじろいだ。

「驚かすなよ、モル」

彼女が彼を見てニッコリした。

「そんなことはさせない」ジェッシイがモリイよりもスーツに向かって言った。

「俺が彼女に付き添ってます」スーツが言った。「署長と一緒でないときは、いつでも俺がついてます」

モリイが頭を振っている。

「ご心配感謝するわ。でも、あなたたち間違っているんじゃない」

「何が正しいんだ?」ジェッシイがきいた。

「私たち、こうなることを望んでいたんですよ。この変態を捕まえるチャンスです。たぶん、あいつの言うことを信じれば、最後のチャンス」

「おとりになるつもりか」ジェッシイが言った。

「だめだよ」とスーツ。

「大丈夫」モリイが言った。「私は警官よ。コーヒーをいれたり、女性容疑者の身体検査をする女の子じゃないわ。私は警官。銃も催涙ガススプレーも持っている。自衛の仕方も知っている。それに、バックアップがいるって確信してるわ」

「モリイ」スーツが言った。「お願いだから……」

ジェッシイが手を挙げてスーツを止めた。

「彼女の言う通りだ」

モリイがジェッシイの顔を見た。

「結構、簡単に意見を変えるんですね」

「確かに君は正しいんだ」

「ひどい人。私がこう言うと知ってたんですね？」

「俺はボランティアが好きなんだ」

69

「夫は、夫の弟と釣りに出かけました」モリイが言った。彼らは、話し合いや黒板に書き込みをするときにジェッシイが行ったり来たりできるように、詰所に移動していた。

「どこへ?」ジェッシイがきいた。

「トロール漁船はジョージズ・バンクの沖合に行くんです」

「いつもどのくらい行ってる?」

「ボートがいっぱいになるまで。いずれにしても、二週間ぐらいですね」

「もう大工仕事はやってないの?」スーツがきいた。

「やってますよ。いろんなことをするの。たいてい自分のやりたいことだけど」

「たとえば?」

「大工仕事、ボートヤードの仕事、弟と釣り、海老捕り、ときたまヨットのクルーってとこかしら」

「結構いい人生みたいだな」スーツが言って、横目でジェッシイを見ると、ニヤッとした。「ボスがいないから」

「マイケルは定職につけないのよ。そのうち解雇されてしまうか、ボスと殴り合いの喧嘩をするから」

「そして結局解雇される」スーツが言った。

モリイが肩をすくめた。

「だから、私が定職を持っているの」

「マイケルが出かけているあいだ、彼と話はするのかい?」ジェッシイがきいた。

「携帯電話で。たいてい毎日話しているわ」

「今回のことは話すつもりか?」

「わかりません。彼は、当然知る資格があるけど、心配するでしょう。おまけに百マイル先の海上にいるから」

ジェッシイがうなずいた。

「君が決めなさい」

「はい」

「話すと決めたら、彼が絶対に口外しないようにしてくれ。おそらく携帯電話を持っているのは、彼だけじゃないだろう」

「そしてうわさは広まる、ですよね。わかっています」

「子どもは?」

「八時十分に通りの先でバスに乗り、三時半に帰宅します。一番上の子だけは夕食の時間に帰ってきます」

「子どもたちをどうするつもりだ?」

「子どもは守ってもらわなければ。それだけが私のリクエストです」

ジェッシイは詰所の窓から外を見ていた。

「子どもたちをしばらく誰かのところにやることはできるか？」

「一日か二日ならば。姉がニューベリーポートに住んでいて、そこのいとこたちと仲がいいですから」

「一日や二日ですむことではないかもしれない」

ジェッシイは窓から振り返ると、部屋の向こうの端まで歩いていき、ドアの横の壁に肩をもたせかけた。

「わかってます。それほど学校を休ませるわけにはいきませんし。それに、正直言って、そんなに長く追っ払っておけません。寂しいわ」

ジェッシイがうなずいた。窓まで戻り、外を見た。

「わかった。君たちのどっちでもいい、タウン紙に知り合いはいるかな？」

スーツがニッコリした。

「昔、編集者とデートしてました」

「で、彼女はお前を許したのか？」

「感謝してますよ」

「よし。話をでっち上げよう」

「どんな話です？」

ジェッシイは振り返り、部屋の中ほどまで来ると、会議用テーブルの上に手の平を押し付けてテーブルに寄りかかった。

「早速取りかかろう。モル、君の家の近辺について説明してくれ」

それはハイウエー沿いのみすぼらしいモーテルのみすぼらしい部屋だった。ほとんどの人は数時間しか利用しない。しかし、浴室とベッドがあり、シーツは清潔そうだ。ナイトホークは、ベッドの端に座り、膝にラップトップを置いて《ザ・パラダイス・タウン・クライア》をオンラインで読んでいる。

パラダイスの母親　家族と警察を両天秤

マイケル・クレインは、先日、フルタイムの母であり、妻であり、警察官であるモリイを残して、弟ボブのトロール船シー・クレインでジョージズ・バンクに向かって出航した。夫が定期的に数週間留守にするときは、モリイはいつにもまして機敏にさまざまな仕事をこなさなければならない。「ストーン署長はすばらしい方です」とモリイは語っている。「私が母親としての義務を果たすため自由を与えてくれます。スケジュールも、毎朝家にいて、子どもたちを学校に送り出し家事を行なえるように手配してくれました」モリイは、モリイ・マルハーンとしてパラダイスで成長した。四年生のときに未来の夫に出会い、それ以来ずっと一緒だそうである……

高校の卒業アルバムから取ったようなモリィ・クレインの写真があった。今とあまり変わってない。目的を遂げられないほど変わっているわけでない。長い時間じっくりと写真を観察してわかった。記事はまだ続いていて、彼は終わりまで読んだ。もちろん、こういう小さなタウン紙にありがちなように書き方はしろうとっぽい。しかし、情報としては良かった。パラダイスにおける最後の発見のため、少なくとも二週間ある。しばらく、これはおとりで、ジェッシイが罠にかけようとしているのではないかと考えた。〈いや、違う。あのジェスはそんなに頭が切れる男じゃない。バスに飛び乗り、偵察する時がきたのだ〉

71

「みんなセス・ラルストンの写真を持ってるな」ジェッシイがスーツにきいた。

「持ってます。免許登録所から免許証の写真を手に入れ、引き延ばしたやつを直接一人一人に渡しました」

「よし。モル?」

「パラダイス警察のパトカーを、ベッツィ・インガソルの家の外の通りに止めてあります。二十四時間ずっと」

「誰が乗ってる?」

「バディとポールとスティーヴです。一人八時間。四時間ごとに交代です」

「連中は牽制だと知っているのか?」

「いいえ。ナイトホークが彼女に近づくかもしれないと言えば、注意するだろうと思って」

「その通りだ。ドーシー家の人と話をしたが、二階の客用寝室を使って、君の家を見張ってもいいと言ってくれた」

「なぜあの家なんですか?　ハンリーさんのお宅のほうがずっと近いですよ」

「子どもがいないからだ。パラダイスの公立学校の生徒たちの格好の話題になってもらいたくないんでね」

「なるほど。私は、子どもたちにはまだ何も言ってません。アーサーには私服でバスに乗るように言ってくださいね。子どもたちが不思議がるから。でも、普通の大人なら、気づきもしないわ」

「ご主人は?」

「夫には話しました。彼は黙っているでしょう」

「彼がいたら、どうするかな?」

「いなくてよかったと思いますよ。きっと繁みに隠れていて、家に近づいてくる最初の男に跳びかかりますから」

「当然だろうな。君たちは喧嘩するの?」

「いいえ。ときどき、彼がどんな男か思い出すわ。結婚したとき、警官とはどういうものか理解していると言ったんです。私が自分の面倒を見られることも知っているし、私がやりたいようにやる自由がなければ、私たちが送ってきたような結婚生活は送れないこともわかっていると言ったんです」

「彼がそう言ったの?」スーツが言った。

モリイがうなずいた。

「なぜこういうことをしなきゃならないか、理解したってこと?」スーツが言った。

「これが彼と結婚した理由なの」

「ピーター・パーキンズと話をしたが」ジェッシイが言った。「あいつは今回のことをよく知ってるわけではない。しかし、君と俺とスーツが特別な任務についているあいだ、署を切り回す覚悟はしている」

「そうなんですか？」モリイが言った。

「ああ。署内でさえ、必要以上の署員に知らせたくないんだ」

「署長とスーツと私ですね」

「我々のあいだで決めたように、君は常に銃を装着していること」

「下着の下に。もしそういうことになれば、服を脱ぎながら銃を取ることができます」

「どこに装着するの？」スーツがきいた。

「関係ないでしょ」

「隠しマイクは？」ジェッシイがきいた。

「マイクはブラの中。送信器は腰の窪みに。あなたたちが遅れなければ、あいつに見られることはないわ」

「やつが現われたらすぐにスイッチを入れろ」

「そうします」

「タイミングをぴったり合わせる必要がある。やつに行動を起こさせ、間違いなく捕まえられるようにしたい」

「モル」スーツが言った。「俺たちがちょっと遅れたらどうする？　君を救うために飛び込んだら、下着姿で突っ立ってたりして」

「そのことは考えたわ。だから、新しい可愛い下着を注文して、支払いは署に回しておいたわ」

ジェッシイが微笑した。

「遅れないさ」

「遅れないんですか？」スーツが言った。「ちぇっ！」

72

素晴らしい朝だった。ナイトホークは、自分のクロスファイアに盗んできたナンバープレートをねじで注意深く取り付けた。ナンバープレートを盗んだ小さな赤いアウディ・コンバーチブルには、すでに自分のプレートを取り付けてある。運が良ければ、特にその車の持ち主が女ならば、プレートが違っていることに気づきもしないだろう。そのアウディは若い女の車のように見えた。バックミラーに大きなニコニコ顔のマスコットがぶら下がっている。新しいナンバープレートを付け終わると、車に乗り込み、バックミラーで自分の顔を見た。もともと髭が濃い。しかも、地下に潜伏してから剃っていないから、髭はもう十分ふさふさしている。彼は髭が気に入った。白髪の部分さえも気に入っている。偉そうだ。サングラスをかけた。黒いウインドブレーカーのポケットに入っているデリンジャーの重みをちょっと感じた。デリンジャーが好きだ。実際には一度も発砲したことはない。しかし、実弾なしの練習はたっぷりやった。ロマンチックだ。ナイトホークにぴったりの銃だ。

彼は車のギアを入れ、宿泊していたみすぼらしい建物の裏手から出ると、ハイウエーに乗った。偵察のときがきた。注意深く制限速度を守りながら、右側のレーンをすいすいと走った。パラダイスでハイウエーを降り、自分のコンドミニアムがあるブロックの中を通った。もう終わったのだ。たぶん、ハンナを恋しく思うだろう。しかし、彼女の秘密は知りすぎるほど知っている。一人で微笑んだ。彼女も私の秘密を知っている。彼女と結婚したのは、おそらく間違いだったのだろう。しかし、見せかけを信じたのだ。彼女のオープンで人を裁かない面を本物だと思ったのだ。彼女が助けてくれるかもしれないと思ったのだ。しかし、助けてくれなかった。何一つ助けてくれなかった。たぶん、自分は結婚するタイプじゃないのだろう。二度と犯してはならない過ちだ。彼はずっと先を考えたことはなかった。ほとんどが一つ一つの冒険の積み重ねだ。発見の積み重ね。しかし今、しばらくぶりに、あることを終わりにし、ハンナも知っている。先に進もうとしている。何に向かって？　ジェッシイは、彼が何者であるかを知っている。すぐに、周知の事実になるだろう。遠くに行ってやり直さなければならない。学術的な仕事を見つける幸運には、まず恵まれないだろう。推薦を得るのが難しい。現金は持っている。万一にそなえ、長いこと現金を貯めていた。まだ、どこに行けばいいかわからない。どこか目立たない都市の小さな部屋。そこで発見の技を磨く。次の人生では、もう少し元気を出す。たぶん、少しエスカレートする。誰の干渉も受けずに、一人でいよう。

彼は西側の海岸線をダウンタウンに向かって走った。〈彼女を追っていると思ってるのか、ジェッシイ。その推量は悪くない。例の写真も見たいと思う。しかし、私はそれほどばかじゃない〉。彼はさらに走って旧市街に入った。ステキな町だ。ミスター・Oに取り憑かれて以来、住むには一番いい場所だ。しかし、まもなく永久にここを去るだろう。そして、どこか別のところに行く。そして、今までやってきたことをやる。余生をそうやって過ごす。彼は曲がってモリイ・クレインの通りに入っていった。何も変わったところはない。彼女の家の前を通り過ぎた。ステキだ。風雨にさらされたこけら板。ブルーのシャッター。ガレージにバスケットボールのリング。家庭的だ。〈さてと、二人でそれをちょっとかき回してやろうかな〉。通りの突き当たりで向きを変え、戻ってきた。隣の通りに入った。そこからだと、彼女の家の裏庭がのぞける。全てがいつも通りだ。近所を三、四回回った。警官はいない。パトカーもいない。異常なものはなにもない。ダッシュボードの時計を見た。十時半。〈なぜいけない？　なぜ今じゃいけない？〉。胸が締めつけられるような感じがした。その感覚を腹にも感じた。ブロックを戻って彼女の通りに出た。もうシャワーをすませているだろう。そして清潔な服に着替えている。たぶん、今はベッドを直し、洗濯をし、家の掃除をしている。彼は通りの角に駐車し、車から降りた。今回は、スキーマスクは不要だ。もう自分のことは知られている。右側のポケットにはデリンジャーを、左側にはカメラを入れて、彼女の家に向かって歩き始めた。彼女は婦人警官だ。〈銃を持っていたらどうする？　たぶん、家事の最中は持ってないだろう。しかし、銃を手にすることができたらどうする？　まてよ、俺だって銃を持っている〉。彼は、わずかだが鋭い恐怖がほかの感情を押しのけるのを感じた。それは良くもあり悪くもあった。こんなにも心をそそられるのは彼女が警官だからだ。警察バッジと銃はナイトホークの敵ではない。制服をむしりとり、秘密を暴露する。写真を撮り、立ち去る。そして、来週には、次のテリトリーに行って新たな探検を始める。暴くべき新たな秘密。次の町。それからまた次の町へ。余生をずっと。すごい！　今や、心臓は激しく鼓動し、呼吸は速かった。恐ろしかった。しかし、欲望が恐怖を抑えつけた。崖を飛び降りたのだ。もう何ものも彼を止めることはできない。彼女の家の玄関についた。ノブを回すと開いた。こっそりと中に入った。

73

キッチンでモリイは電話を切り、盗聴器のスイッチを入れた。リビングに行ったら、驚いたふりをしなければならない。ジェッシイがたった今、あいつが入っていったと知らせて来たからだ。しかし、恐怖を演じる必要はなかった。あったのはほんものの恐怖だった。あいつが小さなシルバーのデリンジャーを向けているのだ。

「誰？」彼女が言った。

「知ってると思うがな」

「何の用？」

「それも知ってるだろう」

「ナイトホークね」

「そうだ」

「何の用？」

「服を脱げ」

モリイには彼の声が少し震えているように聞こえた。

「服を脱ぐ?」

「今脱げ」

「あんたの前で?」

「見るのが好きなんだ」

「もし断われば」

「撃つ」

「そんなことしないで」

「それなら、ストリップショーを始めろ」

「わかったわ。さあ、始めるわよ」

彼女はゆっくりシャツのボタンを外し始めた。

速く、ジェッシイ。もしスーツがほんとに私の下着姿を見たら、自分……か、彼を撃つわ。

「何がそんなにおかしいんだ?」ナイトホークが言った。

「何もおかしいことなんかありません」

「ニヤッとしていたぞ」

モリイはシャツの最後のボタンを外した。

「緊張するとそうなるのよ」

「シャツを脱げ」

シャツならいいか、と彼女は思った。職務のうちだわ。でも、右腿の内側に銃をテープでとめてある。スカートを下ろしたら、彼に見えてしまう。そうしたらどうなる? もしスカートを下ろさなければならなくなったら、銃と向き合うことになる。そうなったらジェッシイとスーツなんか知るもんか。

その必要はなかった。セス・ラルストンの背後で、玄関のドアノブが静かに回るのが見えた。彼女は大声で懇願し始めた。

「お願い」彼女が言った。「お願いですから、どうぞこんなことをさせないで。お願い」

この大声が玄関口の音を消した。ラルストンを喜ばせていることもわかった。

「残念だが、ハニー」ラルストンが言った。「服は脱がなければならないんだ。速くやれば、それだけ速くすむ」

「そこを動くな」ジェッシイが言った。

ラルストンは振り返って、ジェッシイとスーツケース・シンプソンを見た。二人とも銃を抜き、狙いを定めている。ジェッシイが彼の右後ろ、スーツが左後ろだ。ラルストンがまた振り返ってモリーを見た。スカートの下から銃を取り出していた。

「罠だ」彼が言った。

「そう、罠よ。銃をおろしなさい」

ラルストンがジェッシイを見た。ジェッシイの左耳に小さなイヤホーンが入っている。

「君が考えたのか?」ラルストンがきいた。

「銃を床に置け」ジェッシイが言った。

ラルストンがジェッシイをじっと見つめ、スーツをちらっと見るともう一度モリィを見た。誰も動かなかった。ラルストンが銃を下げた。

「ナイトホークも終わりか」彼が言った。

「銃を床に置け」ジェッシイが言った。

「懲役か」

「さあ、銃をおろせ。これが最後だ」

「我々はこの世に生まれあの世に去ることについて何も知らない。だから覚悟が肝心だ」

彼が突然デリンジャーを持ち上げ、モリイに狙いを定めた。三人の警官が一斉に発砲した。ラルストンがドタッと倒れ、床の上で動かなくなった。三人の警官が見下ろした。ジェッシイはかがんで脈に触れ、ないことがわかると立ち上がった。

「死んだ」

スーツが黙って銃をホルスターに入れ、モリイのシャツを床の上から拾い上げ、肩にかけてやった。

「私たちの誰が殺したのかしら?」モリイが言った。

「俺たちみんなだ」とジェッシイ。

「彼の要望に応えたのね」

74

暖かな夜、ジェッシイはサニー・ランドルと一緒に彼の小さなバルコニーに座っていた。彼女はマティーニ、彼はスコッチを飲んでいる。よく晴れた夜だった。星が出ている。そして、明るい月光の下でパラダイス・ネックの輪郭が現われ、点々と明かりのついた窓が星のように見えた。

「三人の銃弾はすべて致命的だったの？」サニーがきいた。

「検死官によれば」

「州警察は何と言ってるの？」

「ああ。ヒーリイが捜査を指揮して、凶器の使用は必要だったと言ってくれた」

「よかった。どんな感じがする？」

「やらなければならなかったんだ」

「わかってるわ。でも、どんな感じ？」

ジェッシイはスコッチをすすった。サニーを見てにっこりした。

「やらなければならなかった」

「ああ、わかったわ」

ジェッシイがしばらく彼女の顔を見ていた。

「君だってやっただろう。どんな感じがした？」

「やらなければならなかったのよ」

「その通りだ」

「あとの二人は？」

「モリイは大丈夫だ。彼は撃たれてもしかたがないと思っているらしい。スーツ？　わからないな。スーツが何を考えているのか、ときどきわからなくなる」

「あなたたちみんなが殺したと考えれば楽じゃないかしら」

「銃殺隊のようにか」

二人はしばらく黙っていた。港に動いている船はなかった。かもめも静かだ。風もなく、かすかに冷たい海の香りが漂ってくるだけだ。ジェッシイが立って、二人にもう一杯ずつ作った。作り終わろうとしたとき、電話が鳴った。かけてきた者の名前を見た。

「この電話に出なきゃならない。時間はかからないから」

「フレンチドアを閉めるわ」

「いや、いい。ジェンからだ。君に聞いてもらいたい」

サニーは彼を見たが、何も言わなかった。ジェッシイが受話器を取った。

「ジェッシイ」ジェンが言った。「ああ、よかった。いたのね」

「いるよ」

「ひどいことになったの。どうしていいかわからない。首になったの。彼らは番組全体を再構成しているわ。私、どうしたらいいかわからない」

「君のプロデューサーの友人はどうした」

「彼が私を首にしたのよ」

「ショーほどステキな商売はない」

「私、どうしたらいいの？」

「ほかの仕事は？　別のプロデューサーは？　どっちでも先に来たほうを取ればいい」

「からかわないでよ、ジェッシイ。気が狂いそうなの。あなたが必要なの。どうしてもそこに行ってあなたと一緒にいなければならないの」

「だめだ」

「だめ？」

「だめだ」

「ジェッシイ、お願い。どうしてもそうしなければ」

「だめだ。もうこれ以上だめだ」

「もうだめ？」

「終わったんだ、ジェン。俺たちは終わりだ。もうこんなことはしない」

「ジェッシイ、私のことをそんなに憎んでいるの？」

「憎んでなんかいないよ、ジェン。ただ俺の人生から出ていってもらいたいんだ」

「ジェッシイ」ジェンが言った。「ジェッシイ。そんなことできない。私……私、どうしていいかわからない」

「君の問題だ、ジェン」

「ジェッシイ、お願い、私にこんな言い方をするなんて何があったの？」

ジェッシイは息を吸った。その質問には長い複雑な答えがあり、ジェッシイはその答えを知っていると思った。彼はサニーを見た。サニーは身じろぎもせずに彼を見つめている。

「いろいろあるんだ」彼は言って、静かに受話器を置いた。飲み物を取り、バルコニーに行って、サニーに彼女の飲み物を渡した。彼女は受け取り、彼を見てニッコリした。

「どういう電話だったかわかる？」ジェッシイが言った。

「ええ」

「どう思う？」

「幸先がいいと思うわ」

サニーが片手を上げ、ジェッシイがやさしくハイファイヴした。

訳者あとがき　――ロバート・B・パーカーを偲んで

ジェッシイ・ストーン・シリーズも八冊目になった。

パラダイス署の署長ジェッシイは、突然中学校へ急行するように要請される。女校長が、生徒達のパンティ検査をしたため親達が怒って学校におしよせ、ひと騒動が起きているというのだ。確かに校長はそんな変ったことをやったが、躾のためだと動じるところがない。親達が怒っても検事は立件するのは無理だと渋るし、地元法曹会のボス的存在である校長の夫は無駄なことをするなと圧力をかけにくる。そのうち、ジェッシイを知った女生徒のひとりが署にやって来て、両親が町の人達とグループをつくり、スワッピングをやっている、やめさせられないだろうかと相談する。自分の名前は出さないで欲しいと言う。夫婦交換自体はモラルの点でこそ批判できても違法でないから、警察がのり出すというわけにはいかない。しかしそれを知った子供がいやがってやめさせたいというのなら知らん顔も出来ない。さて、どうするか……。

ヨットハーバーのあるパラダイスは静かな海岸町だが、覗き魔が出没し始めた。それだけですめばたわいのない話だったが、痴漢の行動がエスカレートして、白昼公然と主婦ひとりの家に押入り、裸にして写真をとるということまでやりだした。そうなれば明らかに犯罪で警察としては放っておけない。ジェッシイは署をあげて捜査に取り組む。犯人は単独犯で、署長宛に自分の行動を誇示する手紙まで送ってくるようになる。ジェッシイは捜査を進めているうちに、この三つの事件が社会の根底でつながっているのではないかと感じはじめる……。

ロバート・B・パーカーと言えば、なんと言っても〈スペンサー・シリーズ〉である。スペンサーがあまりにもミステリ界のエースになったため、スペンサーを知っていても、〈ジェッシイ・ストーン・シリーズ〉を読んでいる人は少い。パーカーはこの二つのシリーズのほかに女探偵の〈サニー・ランドル・シリーズ〉も書いているが、このサニー・ランドルがこのジェッシイ・シリーズにも顔を出している。パーカーが読者へのサービスをしようと思いついたのだろう。

ハード・ボイルドは、「隠された真実を探す冒険」をテーマとするからどうしてもこの世の暗黒面を抉らざるを得なくなる。そのため、全体を流れる基調と内容は限りなく暗い。

主人公の探偵も世をすねたような一匹狼が多く、生きて行くため仕事を取るのに苦労している。またミステリたるためプロットもひとひねりしているのが普通である。ところがスペンサーは陽気で、かなりリッチでグルメなエリート社会族、人生を享楽している。ボクシングとウェイトリフティングにはげんでいるくらいだからかなりの腕力を持っているが、暴力と対抗する場合、相棒のホークと組んで行動することをいとわない。素直で自分なりの信念を持ち、行動も直感的である。スペンサーものは西部もの《ウエスタン》の現代版だと喝破した評者もいる。確かにそれを裏付けるかのようにパーカーは執筆生活の最後になるとたまっていた執念の堰が切れたようにたて続けに西部もの《ウエスタン》を五本も書いている。

ハード・ボイルドにロマンチシズムを導入したのはチャンドラーだと言われるが、スペンサーになると恋人のスーザンとの恋愛関係《ラブ・アフェア》も、泥くさくなくスマートで、小粋で洒落ている。読んでいるうちに目の前がパッと明るくって嬉しくなるようなところが他のミステリに見られない魅力で、これに惚れこんでスペンサーファンになる者が少くない。

ところが、本書のジェッシイ・シリーズは、スペンサーものとは対照的で、スペンサーが陽となれば、ジェッシイは陰である。そもそもジェッシイがサンフランシスコ警察を首になったのも、妻のジェンの浮気と離婚が原因でアルコール依存症になったからだ。新しい人生を切り開こうと東海岸ボストンの近くの小さな町パラダイスの警察署長の職を求めてアメリカ大陸を車で横断、単独行するところから物語りが始まっている（『暗夜を渉る』）。酔いどれを署長に傭ったのは町のボス達の魂胆があってのことだったが、ジェッシィは酒の誘惑と斗いつつ見事な仕事ぶりを見せる。エド・マクベインの〈87分署シリーズ〉に見られるような地味な捜査の積み重ねが展開して行くわけで、犯人探しの方法もスペンサーのように胸がすかっとする活躍ぶりでない。

ところが、こともあろうに別れた妻のジェンがはるばるパラダイスまで追っかけてくるから話はやっかいになる。ジェンは仕事をとるために他の男と寝るのは平気である。愛しているが結婚生活はできない。しかも、愛するが故に別れた妻の行動が許せない。「スペンサーが一人称で、心情を吐露するよりも行動で感情を示すというハードボイルドの伝統を守っているのに対し、三人称のジェッシィの方は彼の複雑な人間関係やそれに伴う苦悩や葛藤を描くこと」（小山正氏による『訣別の海』解説より）がジェッシイ・シリーズの特色になっている。確かに精神科医のカウンセリングを受ける警察署長なる主人公はおよそミステリ界で例を見ない。この妻の不貞と夫の心の葛藤という、性をめぐるモラルと現実の問題は、パーカーが晩年描くところの西部《ウエスタン》ものの中の主人公ヴァージル・コールと、恋人であり夫婦らしい生活もしたアリソン・フレンチとの関係とそっくりである。ただ、ガンマンの方はくよくよしたところを見せないで行動で態度を示すところが違っている。ジェッシイ・シリーズ『訣別の海』でも、パーカーはゆがめられた性をテーマにしている。現代社会における性の問題が単に犯人個人だけでなく社会的問題にまでなっているのをパーカーは見逃せなかったのだろう。

「私立探偵ヒーロー長寿レース」（小鷹信光氏による《ミステリマガジン》二〇一〇年五月号所収、パーカー追悼のエッセイのタイトル）の雄だったパーカーも、二〇一〇年一月十八日、仕事机に向きあったまま突然死した。ロングランレースに突然ストップがかかったのはファンとして残念で仕方ない。

本作品の最終章で描かれるジェッシイとジェンの関係のシーンはドラマティックであるだけに、シリーズの幕引きを告知しているかのような印象を受けたのは、ひとり訳者だけでないだろう。

パーカーの著作目録は《ミステリマガジン》六五一号、二〇一〇年五月号に所収されている。

なおジェッシイ・ストーン・シリーズの最終作と考えられるのは本書でなく *Split Image* (2010) で、これは早川書房より近刊予定である。

二〇一〇年六月

訳者略歴　1931年生，早稲田大学大学院法律科修了，弁護士・著述業　著書『日本のワイン』『ワインの女王　ボルドー』訳書『ブリムストーンの激突』ロバート・B・パーカー，『最後の旋律』エド・マクベイン，『ワインの帝王ロバート・パーカーが薦める世界のベスト・バリューワイン』ロバート・M・パーカーJr（監訳），『マティーニ』バーナビー・コンラッド三世（以上早川書房刊）他多数

夜《よる》も昼《ひる》も

2010年7月10日　初版印刷
2010年7月15日　初版発行

著　者　ロバート・B・パーカー
訳　者　山《やま》　本《もと》　博《ひろし》
発行者　早　川　浩

発行所　株式会社　早 川 書 房
東京都千代田区神田多町2－2
電話　03-3252-3111（大代表）
振替　00160-3-47799
http://www.hayakawa-online.co.jp

印刷所　株式会社亨有堂印刷所
製本所　大口製本印刷株式会社

定価はカバーに表示してあります
ISBN978-4-15-209140-6 C0097
Printed and bound in Japan
乱丁・落丁本は小社制作部宛お送り下さい。
送料小社負担にてお取りかえいたします。